KB129766

사랑과 이별 그리고 그리움

배송제 9시집

사랑과 이별 그리고 그리움

배송제 9시집

◇◇◇
목차

머리말 ◇◇◇

결코 헛되지 않은 눈물과 아픔은
언젠간 꽃이 피고 열매 맺을 날도 오리라

열 달의 모진 시련과 고통도 모자라
뼈마디 어긋나고 뱃살까지 쪼개 피마저
철철 흘러야만 소중한 새 생명은 태어나듯
영롱한 불길 이글거리는 불가마에 넣어
온몸이 쩍쩍 갈라지고 숨 막히는 연단을
몸부림치며 견뎌내야만 숯덩이가 구워지듯

돌과 뿌리 사이 스미고 후벼 파 흐르는
망망대해를 열망하는 계곡물의 안간힘처럼
살갗을 도려내듯 시린 강추위 속에서도
따뜻한 봄을 고대하는 발가벗은 나목들처럼

태어난 곳 고향의 모천을 찾아 회귀하는

저 눈물겨운 연어들의 도전과 투쟁이야말로

그 얼마나 위대하고 숭고한 여정이자 삶인가

펄펄 일렁이는 용광로 시뻘건 쇳물이라야

온갖 향기롭고 아름다운 걸작품들을 빚어낸다.

2022년 9시집 발간을 맞아

배 송 제

배송제 9시장

사랑과 이별 그리고 그리움

헤어져 사노라면
잊힐 줄 알았는데
떨어져 지내면 맘도 멀어질 줄 알았건만
아롱지어 사무치는 그리움은 쌓여만 가고
그대 향한 기도와 소망은 식을 줄을 모르네

그대와 이별 후
너무 많은 시간 흘렀어도
문득문득 보고픈 화신으로 활활 타올라
가슴과 영혼을 울부짖도록 하는 그리움이여
아직도 언젠간 만날 수 있으리란 기다림 속에

이제 늦게서야
다시 만난들 무얼 하겠느냐만
그래도 보고 싶은 모습 단 한 번만이라도
떨리는 가슴으로 뜨겁게 얼싸안고 싶은 것을
이 또한 얼마나 부질없는 생각인지 잘 알면서도

아, 새록새록 그리운 그대 향한
절절한 열망 끝끝내 떨치지 못함은
너무나 못나고 어리석은 욕심인 줄 잘 알면서도.

진주조개

너무너무 아파도
아프다 소리도 못 하고
쑤시고 저려도 하소연할 길도 없는
그 사무친 고통 참고 견뎌내야만 하는

여린 속살로 감싸
고이고이 부둥켜안고
피눈물 흘리고 녹여 애써 빚어낸
영롱하고 아름다운 보석 진주 알갱이

차마 눈물겨운
담금질의 결정체여라
스스로 온몸 아낌없이 바쳐서라도
곱디곱게 일궈낸 보배로운 진주조개여

아,
그 얼마나
몸서리치도록 아팠길래
서리서리 엉킨 눈물이 알알이 맺혔으랴.

하고 싶은 말은 많아도

소근소근 하고 싶은 말은 많아도
그 말들을 어찌 들려주면 좋을지 몰라
우물쭈물 망설이다가 당신 눈치만 살피다
그냥 아무 말도 못 하고 그만둔 적이 많지요

좋아하고 사랑한다 고맙고 감사하다
어렵고 힘든 살림 얼마나 고생이 많으냐
눈도 마주치고 웃고 손잡고 어깨도 보듬어
다정히 얼싸안고 살갑게 속삭여주고 싶건만

여러 말들이 입 안에서만 뱅뱅 돌다가
목구멍으로 꼴깍 넘어가 영영 나오지 않는
내뱉지 못하는 가슴 답답하고 미치겠는데도
당신 앞에만 있으면 마음대로 안 되니 어쩐다

언젠가는 터지겠지 차일피일 미루다가
오늘은 해야지 내일에는 꼭 해야지 하다가
이제는 아예 혀가 굳어져 뻥끗도 못 하겠으니
아, 이런 바보 같은 나를 어찌하면 좋단 말이오.

용광로

활활 타오르는 장엄한 불꽃
펄펄 끓어넘치는 뜨거운 열정
새로운 출발을 향한 몸부림이어라

묻지도 따지지도 않고 오직
망설임 없는 용융의 소용돌이
오로지 통합을 갈망하는 울부짖음

눈물겨운 아픔의 길임에도
한데 녹아내려 한 몸 이루는
설레는 소망 속에 피어나는 꽃
눈부시도록 아름다운 창조의 횃불

함께여야 더욱 의미가 있고
모두 사르고 태워야 더 숭고한
이글거리는 아침 해처럼 찬란한
새롭게 시작하는 화합의 물결이어라.

황홀한 유혹

현란한 이끌림이자 감미로운 마력이다
때로는 악마의 손짓이요 괴물의 장난이다
파멸로 이끄는 교활한 눈빛일수록 아름답다

누구나 소망하지만
아무나 못 가는 그 길
가다 보면 길이 없는 험한 수렁과 낭떠러지

하이에나 파리떼가 들끓기도 하지만
눈이 멀고 귀가 막혀 안 보이고 듣지 못하는

급한 마음에
그래야만 되는 줄로 알고
섣부른 판단에 그 길이 지름길인 줄로만 알며

무작정
앞으로 돌진하는 무소의 뿔처럼
오직 자신이 갈 길이요, 정답인 걸로 생각하는

그 길보다

탁 트인 대도가 바로 옆에 있어도

열릴지도 모를 문 활짝 열릴 줄로만 믿고

자꾸자꾸 빠져만 드는 황홀한 유혹은 대체 뭘까.

풍경

죽어야 할 사람들은 살고
살아야만 할 사람들은 죽는다
철조망에서 바다에서 길거리에서
왜 죽는지도 모르고 무작정 죽이니까 죽는다

얼마나 죽어야 하는 건지
얼마를 더 죽여야 끝날 건지
죽이는 사람이나 죽는 사람이나 누구도 모른다

미움이 들끓고 있다
원망과 저주가 일렁이고 있다
평화를 무너뜨리고 자유를 빼앗으며
존귀한 생명까지 함부로 해치고들 있다
점점 거세게 밀려드는 종말로 향하는 성난 물결

사랑과 용서와 화해밖엔 없다
따사로이 보듬고 끌어안아야만 하는
지구촌 우리는 모두 형제자매 한 가족이 아닌가

잠시 동안 머물다 가는 우리

비길 데 없이 보배롭고 소중한 자산을

다 함께 대대로 고이고이 물려줘야 하지 않겠는가.

물거품

못내 아쉬움의 통곡인가
차마 사무치는 울부짖음인가
피어나자마자 서둘러 스러지는
숨을 몰아쉬는 한순간의 환호여

소용돌이치는 아우성
얼크러설크러 둥둥 부풀어 오르는

뽀글뽀글 담뿍 웃음 짓는
홀연 하얀 은방울꽃송아리 같아라

머물기 위한 수고를 안 해도
일부러 가꾸지 않아 더 담백한
눈에 띄도록 꾸미지 않아 더 멋진

한데 부둥켜 얼싸안고 뒹구는
그냥 그대로 살아있는 우주임에랴

탐욕이 낳은 온갖 것들이야말로
덧없이 사라지는 물거품 같은 것을.

어제와 오늘과 내일

어제 없는 오늘은 없고
오늘이 없으면 내일 또한 없는 것처럼
이 같은 과거와 현재와 미래-
태초부터 이어지고 있는 영겁의 징검다리

초침이 가리키는 매 순간
아니 그보다도 더 짧은 찰나
우주의 소멸로 사라질지도 모르는
더딘 지혜로는 미처 짐작도 못 하지만
지금의 한순간마저 감당하기 버거울지라도

줄기차게 살아야만 한다는
어제 오늘보다는 내일을 향하는
바로 마주한 지금 이 순간이
가장 소중함도 깨닫지 못한 채
어리석은 삶의 쳇바퀴를 돌리고 있는 것이다

도전이 있어야 키울 수 있고
열망과 꿈도 심고 가꿀 수가 있다
내일의 희망이 아무리 밝고 찬란해도
먼저 소중한 씨앗부터 뿌려야 거둘 수가 있다.

유령 펌프

살짝 틀어도
콸콸 쏟아져나오는
수도꼭지는 새 발의 피랄까
꼭지만 돌렸다 하면 왕창 대박이다

먹을 무리는
쭈욱 줄을 서 있고
먼저와 나중이 정해져 있어
아무나 받아 챙길 수 없는 철밥통이다

누가 설계했느냐
흑역사의 주역을 밝혀라
왜 폭리를 내버려두었는가

유령 펌프는
벌써 폐기 처분됐는데
늦게서야 샅샅이 파헤쳐서 까발리겠단다

뿔뿔이 흩어진 승객들
고물이 된 버스, 먼지만 탈탈 털겠다는 것인가.

미로

눈물과
아픔의 벽을 지나
웃음과 기쁨의 문이 열리리니

실패와
좌절의 길을 헤치면
성취와 보람 얻을 수 있으리라

콱 막힌
어둠의 공간 끝나
푸르른 나무와 하늘 펼쳐지면

밝은 밖으로
당장 뛰쳐나가
꽃밭과 희망을 일구고 가꾸리라

캄캄한
미로가 멀고 험해도
찾다가 헤매다 쓰러질지라도

지쳐 아파 포기하지는 않으리라.

기다리지 않는 시간

재빨리
흘러갈 뿐 기다리지 않는다
켜켜이 쌓인 잎새만 공간을 차지할 뿐
되돌리고 싶어도 이미 엎지른 물이다

어버이
주름살 시름 날로 깊어질 뿐
자식이 효도할 날을 기다리지 않으며
멀리하고 서운하여 미워하지도 않는다

지금
이 시간이 황금보다도 귀하다는
순간순간 고이고이 보듬어야만 한다는
뿌린 씨앗은 정성스레 가꿔야만 한다는

시간이
얼마나 빠른지 늙어봐야 알고
어버이 큰 사랑과 은혜 나중에야 알며
통곡한들 이미 늦었음도 그제야 안다.

이지러진 달은 다시 차오른다

몸에 생긴 아픈 상처 서서히 아물 듯
이지러진 눈썹달은 점점 다시 차오른다
도려낸 모진 고통 딛고 굳세게 일어선다

쌓는 수고 또한 결코 덜하지 않을 터
오로지 보름달을 향한 열망으로 채우는
위대한 도전 나날이 눈부시도록 아름답다

하루 이틀 사흘 나흘 커가는 그 모습
눈물겹도록 지치고 힘들어도 쌓고 쌓는
끝끝내 꿈을 이루고야 말겠다는 벅찬 소망

결국에는 또 이지러져야 함을 알면서도
차마 숨 막히는 험하고 고단한 길임에도
한순간만이라도 지체하거나 멈추지를 않는다.

빨대

아무도 모르게
모기 진드기 거머리처럼
쑤셔 박거나 달라붙어 피와 눈물
통곡과 몸부림까지도 빨아먹는다

말라 죽거나 말거나
위경련 오장육부 뒤틀려도
탐욕의 발악을 그만두지 않는다

먹다 먹다 남기라도 하면
창고마다 가득가득 채우는
저승길에 가지고 갈 노잣돈이다

오직 악착같이
핥고 빨아먹어야만 한다는
한도 끝도 없이 챙겨야만 한다는

사명감이라는 명분
헌신 봉사라는 탈을 쓰고
흡혈귀의 뻔뻔함이 하늘을 가린다.

바다를 포기하지 않는

깊은 숲속의
작은 옹달샘 물줄기
거칠고 험한 계곡 굽이치고 헤쳐
넓디넓은 바다를 향하여 흐르고 또 흐른다

흘러 흘러 끝내
가야만 하는 그 여정
아프게 할퀴고 모질게 부서진다 해도
지치고 고달플지라도 한사코 포기하지 않고

떠오르는 아침 해를
밤새워 기다리는 해바라기처럼
오로지 펄펄 끓어오르는 뜨거운 열망
어느 한순간이라도 지체하거나 멈추지 않는

소망스러운 보금자리
설렘 속에 손짓하는 너른 바다
기다리는 가슴 속으로 깊이 스며드는,
끝도 없이 펼쳐진 신비스러운 꿈의 물결이여.

찬란한 광채

신비스런 스펙트럼 현상일까
비스듬히 내리쬐는 찬란한 햇살을
곱게 빗질하는 자동차 유리의 눈부신 광채

어찌 그리도 시리도록 아름다울까
경이로운 광명을 바라볼 수가 없다
눈과의 마주침조차 잠시도 허락하지 않는다

어둠과 그늘이 점점 짙어져만 가고
평등과 공정과 정의가 무너져내린 곳
헝클어진 갈등 속에 숨 막혀 몸부림치는
존엄과 가치를 부르짖는 백성들의 통곡 소리

새로운 물결과 찬란한 광채
힘차게 휘날리는 새 희망의 깃발
울부짖는 가슴마다 밝은 불을 지피고
일곱 빛깔 무지개보다도 현란한 색채의 조화

찬란한 자동차 유리의 광채처럼

짙게 드리운 어둠 그늘 다 걷어내

햇살 곱게 머금은 머리 가지런히 펼친 양

오직 밝고 환한 소망의 길을 활짝 여는 것이다.

개구리를 구한 개구리

수초 우거진 음침한 늪가
얼룩덜룩 징그럽게 생긴 물뱀이
개구리를 물고 꿀꺽꿀꺽 삼키고 있다

마지막 최후의 발악이라도 하는 양
주둥이 씰룩대고 휘두르며 버둥거리고 있다
이제는 앞다리 눈 코 주둥이만 아슬아슬 남았다

한순간 사라질 것만 같은 위기의 그 찰나
뱀이 갑자기 스르르르 어디론가 도망치듯 가고 있다

얼마 후 으슥한 데 이르러 멈추더니
나머지를 꿀꺽 삼키려는 듯한 그 순간,
어둑해서 잘 보이지는 않지만 그 무언가가
뱀 턱을 느닷없이 들이받는 것 같은 물체가 스친다

더욱 놀란 것은 입 안에 갇혀있던 개구리가
동시에 펄쩍 뛰쳐나와 어디론가 자취를 감춘 것이다

다 죽게 된 소중한 생명을 구해준 것은
자세히 보니 뱀의 뒤를 바짝 쫓아온 다른 개구리였다

와! 이럴 수가,
친구의 위험한 모험으로, 기적처럼 목숨을 건진 것이다.

가상인간

괴물스런 마음을 버리고
악마 같은 가면을 벗는다
미워하기보다 사랑에 힘쓰고
저주하기보다 용서에 앞장선다

탐욕보다는 비우는 가슴
싸움보다는 화해과 협력을
찡그린 얼굴 아닌 웃는 얼굴
위선과 가식 없는 참된 진실로
먼저 다가서 통합의 손을 내민다

갈등을 치유하는 도량으로
손잡고 함께 사는 지혜 속에
차갑고 싸늘한 얼음을 걷어내고
베풀고 배려하는 깊은 너그러움으로

황량한 사막의 오아시스처럼
캄캄한 밤하늘 밝은 달빛처럼
아침 떠오르는 찬란한 태양처럼
밝고 환한 따사한 세상을 가꾸는 게다.

여백

하루에도 수십 번씩 뀌는 방귀는
비움과 버림이 얼마나 시원하고 개운한지
풋풋한 창자의 후련함으로 금방 느낄 수 있다

이 같은 상식을 너무나 잘 알면서도
그래 빨리 비워야지 버려야지 하면서도
가슴과 영혼의 동의를 얻지 못해 헤매고들 있다

그다지 힘들고 어려운 것이 아님에도
무작정 헐렁하게 열고 그냥 먼지 털 듯
헌 옷 버리듯이 훌훌 벗어던지면 되는 것을
마지막 숨넘어갈 때까지 부둥켜안고 움켜쥔다

한평생 고이고이 손때 묻고 코 바른
갈고 닦아 이룬 발자취가 쉽진 않으리라
죽을 때도 함께 가자 울고불고 붙잡는 미련
막상 매정하고 야박스럽게 뿌리칠 수 있단 말인가

그래도 어차피 버리고 비울 수밖에야
결국 내 것이라곤 땡전 한 푼 없다는 사실
텅 빈 여백 어느샌가 스치는 듯 지나쳐버리는 것을.

둥지뜨기

대개 새의 새끼들은 빨리 자라
둥지에 오래 머물지 않고 떠나는 것처럼
다 자란 자식들 짝을 지어 시집 장가 보낸 뒤
쓸쓸한 빈집 지키는 노부모 가슴 텅 빈 듯 시리다

이듬해 다시 찾아오는 제비들이나
태어난 모천 향해 회귀하는 연어들처럼
하도나 그리워 오죽이나 가슴 영혼 절절하면
아로새긴 추억 더듬고 떠올리며 옛 둥지를 찾겠는가

새들이나 물고기들도 그러하거늘
하물며 만물의 영장이라는 인간들임에랴
어찌 따사로운 품속 보금자리를 잊을 수 있으랴
심지어 일부러 마음을 멀리하고 몰라라 할 수 있을까

이미 오래전 둥지를 떠났다 한들
단란한 핵가족 삶이 깨가 쏟아진다 해도
고이고이 보듬어 키운 깊고 너른 어버이의 은혜
빈 둥지를 다시 찾는 새나 물고기보다도 못하단 말이냐

바다는 강물을 잊지 않는다.

잡초

흔들리며 젖으리라
꺾이고 찢길지언정
바람이 불면 부는 대로
눈비가 오면 오는 대로
지쳐도 아파도 좌절하지 않으리라

잔인한 손길에 뽑히고
가혹한 발길에 짓밟힐지라도
모질고 험한 길 견뎌내야만 하거늘

차마 버겁고 고된 여정
아득히 멀리멀리 흩날리어
세상 끝까지 보듬고 가꿔내야만 하는

안타깝고 서럽지만 지금 당장
흔적도 없이 사라질 종말이 온다 해도

버려진 것처럼 초라하고
이름도 없는 외로운 풀이어도
마지막 그 순간까지 포기할 수는 없다.

사랑을 하네

소중한 가치와 향기를 좇는 길이
아무리 어렵고 힘들어도 마다하지 않네
받기는커녕 주기만 하는데도 망설이지도 않네

고이고이 보듬는 지극한 정성으로
눈물겹도록 애틋이 살피는 마음과 영혼
너무너무 험하고 거칠어도 묵묵히 베풀고 있네

오로지 사랑을 위한 사랑만을 향한
아름다운 꽃을 피우려는 펄펄 끓는 열정
사랑하기 때문에 감당해야만 하는 몫인 양
아픔도 눈물도 꾹꾹 참고 견디며 그 길을 가네

사랑만큼 고귀한 가치는 없다는 듯
사랑처럼 보배로운 향기는 없다는 듯
오직 하나 사랑하기 위해서 사는 것처럼

사랑에 살고
사랑에 죽어야 하는 숙명인 것처럼
끝끝내 힘써 애써 오롯이 사랑하고 사랑을 하네.

속이 다 썩어 문드러질지라도

무작정 달려드는 걸까
꽃을 찾아 날아드는 벌 나비들
그 아름다움에 취하여 향기에 홀려
이 꽃 저 꽃 미친 듯 기웃기웃 껄떡대는 건가

하기야
벌 나비의 눈과 빨대도 예민할 터
아무리 마음이 급해도 실속이야 챙기겠지만
겉모양보다 꿀이 더 소중하다는 것도 알겠지만

여기서도
서로 더 많이 차지하려는 전장
벌 나비나 인간이나 눈 뒤집히기는 마찬가지
앞다투어 덤벼드는 활활 타오르는 욕망의 불길

사랑하는 임의 발길이면 그 얼마나 좋으랴만
잠시 머무는 듯 어느샌가 가버리는 바람 같은
그래도 활짝 반기는 꽃들한테는 미움도 없을까

화가 치밀어도
이를 악물고 삭이는 것이리라
싸늘히 따귀를 후려갈기고 쫓아버리고 싶지만
속이 다 썩어 문드러질지라도 꾹꾹 참는 것이리라.

꿈의 등불

험한 고난과
눈물겨운 시련의 길일지라도
꿈의 등불을 끄거나 발길을 멈추지 않는 것은
소망스러운 새로운 바람과 물결을 기다리기 때문이다

어둠을 몰아내고
불끈 솟아오르는 아침 해처럼
사나운 파도를 가라앉히고 잠잠해진 바다처럼
온 누리에 밝은 광명과 평화가 오리라 기다리는 믿음

밤을 꼬박 새워
찬란한 태양을 기다리는 해바라기 같은
겨울을 이겨내고 이른 봄 새로 움트는 새싹들 같은
벅차오르는 새로운 물결 너울너울 한가득 넘실거리는

가슴과 영혼마다 활활 타오르는 뜨거운 열정
들썩이는 설렘 속에 펄펄 끓어넘치는 시뻘건 투지
숯가마의 불길보다도 용광로의 쇳물보다도 더 뜨거운

살을 에는 듯한 강추위도 오는 봄을 막지 못한다
이글거리는 열망, 앞날을 향한 들끓는 맥박과 호흡
신발 끈을 조여 매고 다 함께 어울려 손잡고 뛸 그날
아, 하루를 십 년 같이 그 얼마나 손꼽아 기다렸던가

온 누리에 새 시대 새 희망이 용솟음치며 일렁이고 있다.

나비 단풍

다닥다닥 달라붙은 호랑나비 떼
오방색 고운 날개 팔랑팔랑 흔들며
잔물결이 이는 듯 남실거리는 몽환적인 춤사위

연곤지 어여삐 바른 새색시 무리
소맷자락 옷고름 댕기 머리 나부끼는 양
찬연히 빛나는 현란하고 다채로운 불꽃놀이
한바탕 어우러진 흥겹고 멋진 풍물놀이 한마당

소슬바람 신나게 흔들 때마다
벌떡 솟구치어 날갯짓하는 것 같은
일제히 후루루루 날아오르는 나비 떼처럼
떨쳐 일어나 화르르르 침묵을 깨부수는 환호성

곧 떠나야만 하는 시린 가슴에
속절없는 석별의 끈을 애써 붙잡고는
당장이라도 휘리릭 내동댕이친다 하여도
곱다랗게 단장한 신부처럼 꽃가마 타고 떠나리라

나비처럼 나풀나풀 날아가리라

소중한 추억들 오래도록 보듬으며

몸소 남김없이 썩어 소망을 가꾸는 거름이 되리라.

청국장찌개

어찌 그리도
구수하고 착착 감긴단 말인가
콩 알갱이들이 입 안에서
흥겨움에 겨워 덩실덩실 나빌렐라 춤을 춘다

씹을 겨를도 없이 어느샌가
꿀떡꿀떡 스르르르 게 눈 감추듯 넘어간다
먹을 때마다 감기는 듯 구르는 그 풍미 질리지도 않는다

그냥 대충대충
일상 먹는 음식 그대로
두부 김치 대파…
숭숭 썰어 넣기만 해도 살살 녹는다
똑같은 콩인데도 고이 품은 맛과 향이 그윽하단 말인가

막 보글보글 끓인 김이 무럭무럭 나는
따끈따끈한 찌개를 양푼에 푸짐히 퍼 담아
꽁보리밥에 쓱쓱 비벼 먹어도 와아, 환상적인 궁합이어라

얼마나 정성껏 갈고 닦아야

숨 막히도록 연단하고 담금질해야지만

조상님들의 오랜 얼과 넋으로 빚어낸 맛 청국장처럼

메마르고 각박한 인간의 마음이랑 품성도 익을 수가 있을까.

사랑이라는 이름의 거짓말

그대여, 사랑합니다
당신을 너무너무 사랑합니다
사랑이라는 달콤한 속삭임을 앞세운
사랑한다는 이름의 거짓말로 위장을 한
뻔뻔스럽게도 욕망의 불을 이글이글 지핀다

섣불리 말해선 안 되고
함부로 고백해선 더욱 안 되는
사랑이라는 사랑한다는 무서운 말
고운 사랑이 아니면 해서는 안 되는
그 보배롭고 위대한 이름을 믿어달라는
진실 아닌 거짓이 오직 진실인 양 춤을 춘다

울어야 하는 미운 사랑
몸부림쳐야 하는 저주의 사랑을
부서지고 찢어지는 아프고 슬픈 사랑
훗날 낙엽처럼 흩날릴 바람 같은 사랑을
어찌 감히 고귀하고 위대한 사랑이란 이름으로

아, 실로 소중한 그 이름이
그 얼마나 향기롭고 아름다운지를 미처 모르는가.

향기로운 삶

따사로운 햇살 가득
쏟아지는 포근한 봄날
길을 걷다가 문득 콧속으로 사분사분 스미는 듯
어느새 뭉클뭉클 그윽하고 달콤한 라일락 향기처럼

지나는 발길한테도
아무 조건 없이 베푸는
웃음과 행복을 던져주며 사랑의 밀어를 속삭이는 양

다닥다닥 달라붙은
꽃잎끼리도 한데 어우러져
흐드러지어 흩날리는 향기 진동하는
꾸밈없는 순수한 모습 그대로 주고받는 화합의 물결

모진 이기심보다는 폭넓은 애타심으로
뼈아픈 패배가 아닌 아름다운 승복으로
새 물결 새 희망으로 향하는 폭포수 같은 포용으로

시냇물과 강물이 소망의 바다를 향하듯
통합과 새 시대의 깃발을 힘차게 휘날리며
사랑하고 이해하며 함께 손을 맞잡고 살아가는 삶이여.

단풍과 낙엽 사이

나뭇가지에서
지체 없이 떨어지라는 듯
소슬바람이 따귀를 후려치고 있다

막상 떠나자니
못내 아쉬운 처절한 울부짖음인가

간당간당
나부끼면서도 악착같이 매달린다

물들기도 서럽거든
심히 안타깝기도 하리라
어찌 울고 싶도록 서럽지 않으랴

정든 보금자리 떠나는 길
발길도 쉽사리 떨어지지 않으리라

단풍과 낙엽 사이,
좀 더 오래도록 머무르고 싶으리라.

나이테

보이지 않는 그대들 속살은
굽이쳐 넘실거리는 강물 같아라
얼마나 사무치도록 아프고 저리면

고래고래 소리 질러 울지도 못하고
속으로만 몰래 부둥켜안고 울부짖는가

해가 갈수록 쌓여만 가는 두께
켜켜이 둘러쳐 숨 막히고 답답하련만
어디에다 대고 하소연할 데도 없겠지만

그래도 그렇지
그냥 묵묵히 견뎌내야만 하다니
그래 그 가슴팍이 오죽이나 무겁겠으랴

아프면 아픈가 보다
서러워도 서러운가 보다
사람도 대개 그대들처럼 산다만
꾹꾹 참고 그냥저냥 살아가는 게 삶이려니.

아침 달

아침나절,
서쪽 하늘에 걸린 흰 달은
갓 시집온 새색시 마냥 수줍은 양
다소곳이 고개 숙인 모습을 닮았다고나 할까

어쩌다 늦가을에 홀로
피어난 외로운 장미꽃처럼
밤을 새워 기다리다 기다리다
그리움에 지친 날이 샌 늦게서야
온몸을 감싸 안고 꾸벅꾸벅 졸고 있는 것 같은

마침내 활짝 웃는 얼굴로
동쪽 하늘을 현란히 물들이는
눈부시게 떠오르는 아침 해 반가우련만
막상 어쩔 줄 몰라 몸 사리는 각시처럼 보이는

비록 멀리 떨어져
외로이 따로 지낼지라도
변함없이 사랑스럽고 믿음직스러울까
웃음 짓는 서로의 눈길 뜨겁고 아름답기만 하네.

천당과 지옥

이런저런 이유 달지 말고
천당과 지옥이 있다고 믿자
그래야만 지옥이 겁나고 싫어
너도나도 착하게 살지 않겠는가

가서 본 사람이라도 있냐
그걸 어떻게 믿어 다 뻥이지
죽으면 그만이요 썩으면 끝이지

만약 그대가 죽은 뒤
천당과 지옥의 문이 열리고
가차 없이 상과 벌을 받는다면
그땐 이미 통곡하고 후회한들 늦다

죽지도 않고 미리부터
없을 것이다 말짱 거짓이다
함부로 속단하거나 부정하지 말자

아무것도 모르는 그대여
세상 어디도 정답은 없거늘
있느냐 없느냐 따지지만 말고
천당과 지옥이 기다리고 있다고 믿자.

바다의 가슴

아무것도
따지거나 묻지 않은 채
찾아오는 대로 반가이 쓸어 담는다
먼 길 오느라 얼마나 고생 많았느냐
깊고 너른 가슴에 얼싸안고 어루만진다

하늘을 우러러
한 점 부끄럼 없다는 양
풍요로이 넘실거리는 당당한 파도
숱한 생명 보듬고 기르는 보금자리
그윽이 쓰다듬는 손길 너그럽기만 하다

탓하거나 원망하지도 않는다
다 함께 어우러진 포용만 있을 뿐
한데 부둥켜안고 사납게 뒹굴면서도
부서지도록 몸부림치며 울부짖으면서도

온 누리를 먹이고 씻기는 정성
힘차게 솟구쳐오르는 장엄한 기상
하늘과 땅을 바라보는 맑고 푸른 눈길
가슴 벅차 포효하는 듯 우렁찬 환호성이여.

다랭이

드넓은 바다와 하늘바라기
비탈진 땅 힘써 일궈 층층이
뱀 허리 같이 구불구불 두렁마다
피땀 정성 겹겹 쌓아 올린 배미들

악착같이 살아야만 한다는
바다 하늘만 바라볼 수 없다는
차마 절박하고 처절한 삶의 뜨락에

기적처럼 물 샐 틈 하나 없이
계절 따라 아름다우며 향기로운
꽃을 피우고 열매를 맺는 천둥지기들

놀라운 열정에 바다와 하늘도
훈훈한 해풍과 눈비를 내리시어
고단한 수고 두루 보살피시는 것을

굳센 의지가 얼마나 위대한지
경사지고 척박한 골짜기나 산자락
고운 꽃송이, 알알이 영근 보람들이여.

석류

농익은 여인의 가슴처럼
막 터질 것처럼 탱글탱글 영글면

한가득 설레는 소망을 보듬고
몰래 뽀개어 드러내는 아찔한 가슴

구슬처럼 가득 찬 알갱이들
속살 내보이며 수줍게 웃음 지으면

양귀비도 클레오파트라도
그대의 빼어난 풍미에 견주겠으랴

겉보다 속이 훨씬 더 아름다운
쩌억 벌린 그윽하고 황홀한 자태
알알이 빈틈없이 들어찬 보물들이여

오, 이글이글 불타오르는
사랑의 불꽃 시뻘건 정열의 화신이여.

가을비

굳은 비
추적추적
두루 어루만지는 서늘한 고운 손길

어느덧
헤어지기 사뭇 아쉬운 양
곱게 물든 잎새 보듬어 아롱진 눈물

겹겹이
쌓인 낙엽 감싸
흥건하게 적신 사뭇 애틋한 정경이여

푸근히
서로 얼싸안은 듯
아련히 어리는 석별의 안타까움이런가.

간절곶

탁 트인 망망대해
넘실거리는 동해
소망길 에워싼 해돋이의 명소

파란 하늘 파란 물결
찬란히 불끈 솟구치는 아침 해
꿈과 희망 용솟음치는 새해 첫날

반짝거리는 눈빛마다
새 출발 새 희망을 열망하는
뜨겁게 활활 타오르는 각오와 투지

와, 보면 볼수록
너무너무 멋지고 아름다워라

해안 길 걷는 발길마다
터질 듯 설렘 벅차오르는
염원의 간절함이 빚어낸 예술품인가.

갈림길

길을 가다 길을 찾네
이리로 갈까 저리로 갈까

가다 보면 길이 없네
가다가 보니 길이 아니네

이리저리 헤매다가
새로운 길을 찾아서 갈 때

길이 보이지가 않네
아무리 찾아봐도 길이 없네

이 길일까 저 길일까
또 다른 길은 없는 것일까

여러 갈래 갈림길 중에
정녕 어느 길로 가야만 하나.

감각기관

개미한테는 더듬이가
해파리에게는 촉수가 있지만
인간들의 감각기관을 보면 제멋대로이다

눈으로 코로 귀로 혀로 손으로
천박스런 비어로 뒤틀린 묘사로
삐뚤어진 사유 불통의 옹고집으로
새로 만들어내는 신조어 홍수 속에
말도 아닌 말들이 바람을 타고 날아다닌다

여자는 남자를 남자는 여자를
어찌하면 좀 더 비하하고 폄훼할 수 있을까

서로 다투기 위해 사는 것처럼
싸워야지만 소화가 잘되는 것처럼
애무 포용하기에도 모자란 바쁜 시간
공격하고 비난하고 물어뜯고 으르렁거린다

영양가라도 있다면 모르겠으나
전혀 정제되지도 않은 저급한 수준
사무치는 앙칼진 격정 사그리 헝클어진
그냥 무작정 자기의 증오와 분노를 표출한다.

같은 듯 다른 마음

함께 손잡고 일하다가도
정답게 사랑을 속삭이다가도
굳게 믿는다 다짐 약속하면서도
갑자기 마음이 변해 다른 길을 간다

장마철 날씨가 변덕스럽듯
믿는 도끼에 발등을 찍히듯
배신과 교활함이 악랄하고도 냉혹하다

그런 행동이 당연한 것처럼
그렇게 해야만 성공할 것처럼
악마와 괴물의 탈을 쓰고 발광을 한다

인생이란 그런 것이라는 듯
매몰차게 걷어차고 버리는 것쯤
식은 죽 먹기보다도 훨씬 쉽다는 듯
뻔뻔스럽고 당당하게 군림하며 활보한다.

걸림돌

도도한
강물은 도란도란 속삭일 뿐
돌밭을 피하거나 두려워하지 않는다

살가운
손길로 요리조리 어루만지고
미끄러지듯 스치며 쓰다듬듯 흘러간다

돌멩이
앞의 개미도 포기하지 않는다
빙빙 돌거나 악착같이 올라타 지나간다

바위를
후려치는 파도의 고통스러움도
가로막힌 산등성의 바람도 솟거나 휜다

걸림돌
앞에 포기하거나 좌절이란 없다
아무리 지치고 힘겨워도 극복할 수 있다

절망은
한낱 구차스런 변명이요 넋두리일 뿐이다.

겨울에도 따뜻한 사랑

눈보라
찬 바람 속에서도
살을 에는 듯한 추위 속에서도
따사로운 그대만 곁에 있으면 돼요

맞은 눈
서둘러 털어주고
차가운 손 얼른 불어 녹여주며
언 입술 더운 입김으로 감싸주는
그대만 있어주면 아무 걱정 없다오

꽁꽁
얼어붙은 겨울에도
펄펄 끓는 사랑 그대만 있으면
춥지 않고 따뜻하게 보낼 수가 있지요.

고향 산천

봄에는
강남 갔던
제비 다시 찾아 날아오고
초가지붕 주렁주렁 달덩이 같던 박들

철부지
어린 시절
산이랑 들로 쏘다니며
개천물 첨벙첨벙 동무들과 뛰놀던 때

허기진
배 달래려
가시나무 올라 아카시꽃 따 먹고
캔 칡뿌리 흙 대충 털어 어석어석 씹던

아,
엊그제만 같은
너무나도 그리웁고 보고 싶은 고향이어라.

공간

먹고 먹어도 느끼는 공복감
무엇이라야 꽉 채울 수 있는 걸까

활활 타오르는 불길 속에
시뻘건 아가리에 뭘 처넣어야
배때기를 두들기며 흡족할 터인가

저 광활한 우주에만
드넓은 공간이 있는 것은 아니다

인간의 마음속에는
더 크고 넓은 거대한 공간이 있다

제아무리 먹고 채워도
죽을 때까지 처넣고 메꿔도
한도 끝도 없이 찾아 헤매는 탐욕

갈 때 뭐 하나
챙기지도 못할 거면서
눈물겹도록 처절하게 움켜잡다 간다.

구더기 무서워 장 안 담글까

빙빙 돌고 도는 회전목마처럼
쉬지 않고 돌아가는 삶의 물레방아

구더기 몇 마리쯤 건져내면 된다
된장 간장 풍미가 훨씬 더 소중하다

범 무서워 산에 안 갈까
좋은 일에 나쁜 기운 깃들까
미리부터 두려워해서는 안 된다
까짓거 물리치고 헤쳐내면 되는 것이다

담대하게 도전하고 투쟁하라
열정을 불살라 온 힘껏 질주하라
꿈과 소망은 아름답고 향기로운 꽃이다

꿈과 소망은
멈춤 없이 도전하는 자의 몫이니
언젠가는 꽃이 피고 열매를 맺으리라
그대에게도 열망의 그날은 오고야 말리라.

굴뚝산업

인류 생존의 터전이자 보금자리인
소중한 지구를 살리고 오래 지키려면
화석연료 사용에 의한 탄소 배출량을 줄여라

온실가스 감축 노력이 국제적 대명제이다
생존까지 위협하는 기후변화와 지구 온난화

지난날 조국 근대화의
주역으로 각광받던 굴뚝산업이
이제는 탄소 배출량의 주범으로 지탄받는 요즘

아름다운 지구를 대대로 물려주기 위하여는
우리가 모두 동참하는 단 하나의 길밖에는 없다

이 시급하고 냉엄한 지상명령-
지구촌 전체가 해결해야 할 중차대한 과제,
고통 분담은 훗날, 살기 좋은 환경을 만들 터이다

빨리 서두를수록 좋다
대책과 추진은 효율을 극대화시켜라
서로 미룰 것이 아니라 당장 모두 함께,
스스로 동참할 수 있도록 독려하고 지원해야 한다.

굼벵이

구르는 재주만
있는 줄 알았더니
고단백 저지방 영양가까지 높다네요
어린 시절 초가지붕 썩은 이엉 속에서
마당에 떨어진 녀석이 눈에 띄기만 해도

몸통이 짧고
뚱뚱한 생김새만 보아도
징그럽다는 생각밖엔 안 들던 녀석들이
요즘엔 없어 못 먹고 기르기까지 한다네요

몸에 아주
좋다는 걸 일찍 알았으면
배고프던 보릿고개 시절 그냥 놔뒀을까요
따끈따끈 누에 번데기는 맛있게 먹었잖아요

꿈틀꿈틀 기어가는 동작 굼뜨지만
녀석들한테 보석 같은 가치가 있을 줄야
참말로 기특하고 놀랍고 신비로운 세상이네요.

그대 품에 안겨

차가운 소슬바람 불 때
갓 앗은 포실한 솜털 같은
따사로운 그대 품 안에 안기면

얼마나 얼마나
아늑하고 달콤하랴만
아, 그대는 보이지 않고
홀로 흐느끼는 텅 빈 가슴이여

언제나 언제쯤에나
그리운 그대를 만날까
사무치는 가슴 절절 끓는데
너무나도 야속하고 무심하여라

기다리다 기다리다
결국 돌꽃으로 피어나면
아침 떠오르는 해라도 보련만
애태워 기다리는 가엾은 영혼아

넋이라도 있든 없든
그대 모습 기다리고 기다리리라.

긍정의 힘

할 수 있다
나는 할 수 있다
그대도 할 수 있다

소중한
꿈과 소망
반드시 이루고야 말리라

그 언젠간
꽃이 피고
열매를 맺을 날이 오리라

아무리
힘들지라도
그날까지 멈추지 않으리라

하면 된다.

꼬집고 할퀴고 물어뜯고

성한 데가
없어야 그게 정상이다
걸핏하면 꼬집고 여차하면 할퀸다
마구 깨물고 물어뜯고 쑤시고 갈긴다

이웃집 개가
느닷없이 달려들고
나무 위 올려놓고 막 흔들어댄다
한순간 만신창이가 되고 추락을 한다

콩이냐 팥이냐
따져본들 뭐 하랴
그냥 그러려니 체념하는 게 편하다
울부짖고 통곡해도 돌아보지도 않는다.

꽃들의 속삭임

들녘에서 꽃밭에서 뜨락에서
향기에 홀려 아름다움에 취해
흥겹고 신난 벌 나비들의 춤사위

따사한 햇살 어루만져 감싸고
다정히 어울려 밀어를 속삭이는
한창 무르익어 활짝 핀 꽃송이들

한껏 넘실거리는 뜨거운 숨결
한가득 차오르는 환희와 환호성
곱디고운 옷자락 살랑살랑 나부끼는

어찌 그리도 어여쁠 수 있을까
밝고 환한 송이마다 희망이 넘치고
방실방실 고운 미소 터질 듯 싱그럽다.

끝 모를 싸움

얼마나 죽어야만 끝날지 모를 싸움
'델타'보다 더 센 '누 변이'가 왔단다
처절한 전쟁보다도 더 고약하고 악랄한

인간들의 방역 능력은 한계를 맴돌고
무기력함이 눈물겹도록 참담하기만 하다

어찌 뿐인가
끊임없이 이어지는 싸움의 소용돌이
고요와 평온은 일상에서 멀리 사라지고
온 세상이 갈등과 분열로 다투고들 있다

무조건 이겨야만 하는
온갖 수단 방법을 총동원해서라도
승리하지 않고서는 살아남을 수 없는 세상

도리도 염치도 양심도 없는
숨 막히도록 험하고 모질어도
꺾고 쓰러뜨리지 않으면 안 되는
간과 쓸개 다 빼주고서라도 박살내야만 하는

선의의 경쟁이란 아무 의미도 없다
오로지 단 하나, 죽느냐 죽이느냐 이 길뿐이다.

낙엽 밟는 소리

정겹다
발바닥을 간지럽히는 것처럼
차곡차곡 쌓인 추억들이 춤추고

가버린 사랑도 덩달아 나부낀다

바람 불어
후루루루 흩날리는 질펀한 정경

얼키설키 얼싸안고 속삭이는 듯
만남과 헤어짐이 하나일 뿐이라나

그래
잠시 머물다가
속절없이 떠날 뿐이지만
그래도 이만하면 멋지지 아니한가

낙엽 밟는 소리가 그 얼마나 푸근한가.

남남과 우리

내가 우리보다 먼저면
우리라는 공동체는 별로지만
내가 우리보다 나중이면
남남보다 우리가 훨씬 강하리라

그냥 남남으로 살 것이냐
우리라는 공동체를 따를 것이냐
일상은 남남처럼 지내다가
때를 봐가며 우리에 동참하느냐

우리는 남남이 아니라고
다 같은 하나다 외치면서도
우리보다는 남이 되어 통곡하네

남남이 먼저인지
우리 사이가 먼저인지
오락가락 알 듯 모를 듯할지라도

물론 유불리부터 짚겠지만
우리 사이가 더 근사하지 않을까요.

내 하나의 사랑은 가고

홀연
낙엽처럼 날아간 사람
문득 구름처럼 사라져간 사랑
인연이란 이름 가슴에 아로새긴
그대의 체취 어찌 잊으란 건가요

영영 못 잊어
생각이 나겠지요
두고두고 그리움이 피어나겠죠
꿈에도 생각 안 한 이별이란 말
그대는 잊을지 몰라도 난 못 잊소

그대, 첫사랑의
아픔이여 슬픔이여

날더러, 어찌 살라 떠났는가
난 난, 그대를 잊을 수가 없어라
내 하나의 사랑, 영원한 그리움이여.

눈물의 강

소낙비처럼 퍼붓는 눈물을 보라
폭포수처럼 쏟아지는 피눈물을 보라
가슴 영혼이 미어지고 찢어지는 아픔
맑고 파란 강물이 온통 시뻘건 핏물이다

울부짖음 통곡이 강산을 뒤덮고
고통과 슬픔이 온 누리에 가득 차며
살려달란 처절한 아우성이 한가득 넘친다

자유를 말살당한 약자의 비통함
권리를 몰수당한 버림받은 안타까움
생명마저 위협받는 위태로운 목숨들이어라

터전을 잃고 정처 없이 헤매도는
가련하고 시름 깊은 힘없는 눈망울들
앞으로 헤쳐나갈 길조차 보이지 않는 절벽

서둘러 그들의 생존을 보장하라
꿈과 소망을 가꾸도록 길을 열어주라
누구도 인간의 존엄을 해쳐서는 안 된다
인권을 유린하는 패악질을 저질러선 안 된다.

늦가을 정취

아련한
감성이 노래하고
너울너울
낭만이 춤을 추네

노랑 은행잎
질펀히 깔린 가로수길
어지러이 날리는
낙엽 위 추억이 뒹굴고

추적추적
내리는 빗줄기 으스스하네.

다 다른 삶

길도 색깔도 모양도
서로 다른 삶일지라도
저마다 소중한 가치를 지니듯

험한 고난의 길이요
어둡고 그늘진 색깔이자
눈물겹도록 처절한 모양이지만

쓰러지지 않는 투지
끝내 바뀌지 않는 색깔
그 모습 고이고이 감싸 보듬어

지쳐도 슬퍼도 아파도
산다는 것이 다 그러려니
발길을 멈추거나 포기하지 않는

그러다가도 가끔은 문득
나한테도 때는 오지 않겠니
아마 그럴 거야 언젠간 그럴 테지.

단풍의 마음

잎새는 푸르고 싶으나
지나는 시간이 함께 가자 조른다
꽃들도 피면 스러지듯
소슬바람까지 아침저녁 매달린다
울긋불긋 색동옷 연곤지 곱게 바르고

어느샌가 바람에 실려
하나둘 흩날리는 낙엽들
먼저 가고 나중에 간다 하여
서럽거나 아파할 것도 없으련만
간당간당 날리는 잎새들 바람을 견딘다

마음부터 훌훌 비우고
저마다 홀가분하게 나부끼어
휩쓸리며 얼싸안고 엉켜 뒹구는
흥겨운 한 마당 신들린 양 춤추는
삶의 끝자락 쓸쓸하고 아쉽진 않은 듯

어느덧 떠나는 그 길
함께 어우러져 휘날리는 춤사위
와아, 보면 볼수록 황홀한 아름다움이어라.

대통령다운 백성의 나라

자리에 앉히는
대통령은 하나지만
모든 백성 대통령인 나라

큰 대통령
한 사람 그리고
나머지는 작은 대통령
대통령 아닌 백성은 없는

혼자서
무슨 일을 하나
모두가 함께하지 않고서야

다 같이
대통령다운 백성들의 나라

대통령 또한
똑같이 백성다운 그런 나라

대통령과 백성이 하나인 나라.

도살자

사느냐 죽느냐의 이 갈림길은
눈물도 연민도 메마른 냉혹한 세상

내가 당하거나 죽을 수는 없고
그래서 무조건 상대를 죽여야만 하는

할퀴고 짓밟고 발가벗기고 물어뜯고
그래도 안 되면 마구 쑤시고 갈겨대는

가축과 동물을 죽이는 것보다도
가혹하고 잔인하게 참살하는 인격살인

수단 방법을 총동원해서라도
기필코 쓰러뜨리고 꺾어야만 하는
눈물겹도록 모진 횡포를 서슴지 않는다

내가 살아남으려면 어쩔 수 없다
출세하고 성공하려면 다른 길은 없다
인정사정 볼 것 없이 박살내 죽여야만 한다.

돌파구

기어코 해내고야 말겠다는
넘어질지라도 주저앉지 않고
오뚝이처럼 또다시 벌떡 일어서는

반드시 이루고야 말겠다는
실패할지라도 포기하지 않고
재빨리 늪과 수렁에서 빠져나오는

터널과 미로가 멀고 험해도
끝내 찾고 헤쳐내고야 말겠다는
결코 굽힐 줄 모르는 굳건한 투지

힘들지 않은 투쟁이 있으랴
어떤 도전인들 험난하지 않으랴
가도 해도 끝도 없는 가파른 여정
어느 길인들 숨 막히는 아픔 없으랴

소중한 꿈과 소망을 향한
펄펄 끓는 열정이 바로 돌파구인 것을.

등대

캄캄한
어둠 속을 밝히고 알리는
그대의 반짝이는 자그마한 불빛은
그 얼마나 위대하고 찬란한지 아는가

숲속
반딧불이의 현란한 빛처럼
그대의 광명은 구세주 같은 반가움
지치고 고단한 방황을 끝내는 이정표

그대
아니면 누가 그 일을 하랴
거세게 휘몰아치는 폭풍우 속에도
숭고한 사명감 일렁이는 장한 빛이여

길을
찾는 눈길들이 보내는 환호
어둠 속의 길잡이 듬직한 안내자여
어둠을 초롱초롱 밝히는 고마운 그대여.

등불

가슴에서
반짝이는 별빛이나
마음속 깊이 빛나는 불빛은
꿈과 소망을 가꾸려는 뜨거운 기도

열망을
일구기 위한 도전과
기어코 이루려는 굳센 투쟁은
변함없이 활활 타오르는 불꽃이거늘

거친 바람이
불어 어지러이 흔들릴지라도

어제도 오늘도
그리고 내일도 꺼지지 않고
언제나 대낮같이 밝히는 등불일지라.

땡감도 우리면 단맛이 난다

모두 어렵던 보릿고개 시절
홍시까지 못 기다리는 조급증
땡감 몇 군데 꼬챙이 쑤신 다음
시큰한 구정물에 넣어 며칠 우리면
약간 떫지만 처음보단 단감 맛이 난다

뜨물이랑 찌꺼기 등
한데 모은 더러운 구정물도
삭고 썩어 신맛이 날 즈음이면
땡감을 우리는 그럴듯한 처방이 된다

말똥을 굴려야 말똥구리요
쇠똥 밭에 굴려야 쇠똥구리이듯
담금질의 연단이 강철을 만들고
모질고 독한 혹한 견뎌야 봄날이 온다

제발 잘난 척만 하지 말고
으스대거나 우쭐대지만 말고
부단히 쌓고 도려내고 갈고 닦는
그 누구도 하늘의 뜻을 거스르지 못한다.

띠들의 전쟁

자축인묘진사오미신유술해
여기서도 결투는 진행형이군
먹느냐 먹히느냐 잡느냐 잡히느냐

양이 갑자기 뱀으로 둔갑하고
쥐가 홀연 호랑이의 탈을 쓰고
개와 돼지가 물어뜯고 피투성이야

변장술로 뻔질나게 들락날락
그냥 가만히 있다간 안 되겠어
속임수를 써서라도 끝장을 봐야겠네.

마음의 보금자리

따뜻한 방을 뛰쳐나간 마음
소나기 퍼붓는 빗속을 헤매다가
눈보라 휘날리는 강추위에 떨다가
캄캄한 어둠 헤치며 마구 들뛰다가

그러다가도 문득문득 아니
왜 이러는 가야 어째서 뒤죽박죽
몸 따로 마음 따로 움직이는 거야
엉망진창 만신창이 헤매고 있는 거지

몸과 마음이 한데 붙어서
같이 방황하면 어떻게 되는 걸까
한밤중에 돌아다니는 몽유병자처럼
만취한 주정꾼처럼 헤맬 수밖에 없겠지

그래도 얼마나 다행스러운가
늘 소중히 챙기는 몸의 건강처럼
마음의 보금자리도 꽃밭처럼 가꿔야 한다.

만물상

금강산에
자리한 바위산이
온갖 물체의 형상으로 보이듯
인간의 마음과 얼굴도 다양하다

내 마음이요
내 얼굴인데도
때때로 아닌 것처럼 느껴지듯
그대의 몸짓이랑 미소인데도
다른 사람처럼 느껴지기도 한다

물건이라면
바꿀 수도 있지만
마음과 얼굴은 그럴 수도 없고
뜯어고칠 수도 없는 노릇 아닌가

마음이야
변할 수 있다 해도
얼굴마저 바꾼다면 너무 하찮아
어쩔 수가 없어 변장을 하려거든
괴물과 악마보다야 천사가 좋겠지.

먼 곳

산을 넘고
물을 건너 머나먼 곳
어디가 끝일지 모르는 멀고 먼 길
심히 어렵고 힘들어도 가야만 한다네

가다가
쓰러지면 다시 일어서고
높고 험한 벽 앞을 가로막을지라도
꿈을 향한 발걸음을 멈출 수는 없다네

가고 가고
끝내 가야만 한다네

하고 하고
멈춤 없이 해야만 한다네

활활 타오르고
펄펄 끓는 열정과 도전
지쳐 아파 부서져도 가고 해야만 한다네.

모두가 어렵던 시절

많은 무리가 구름처럼 몰려들었다
배곯이가 덜 끝난 모두 어렵던 무렵

공사판 날품팔이 품삯과 공장 임금이
고작 하루 벌어 하루 먹는 수준이지만
그래도 산 입에 거미줄 칠 수는 없었다

오직 먹기 위해 사는 시절이었다
꿈과 앞날을 가꾸기보다는 맨 먼저
어떻게 해서라도 굶어 죽지는 말아야지

없는 집에 생기는 대로 다 낳다 보니
올망졸망한 꼬맹이들이 바글바글하였다

어느새 옛날 얘기하면서 살고 있다
그 많은 식구가 나름대로 잘 산다
생기는 대로 펑펑 낳았는데도 괜찮다
저마다 먹고살 팔자는 타고 나는 걸까

언제 어딜 가든지 먹거리가 넘친다
모두가 어렵던 시절이 엊그제만 같은데
세월이 참 좋다 아롱다롱 신기하기만 하다.

사랑과 이별 그리고 그리움 89

목소리

새소리가 다양한 것처럼
사람 목소리 또한 다채로워라

옥구슬이
은쟁반을 또르르르 구르는 듯
대장간의
쇠망치로 내려치듯 카랑카랑한

시원한 폭포수
좌르르르 쏟아져 내리는 듯
토종꿀이
뚝뚝 떨어지는 것처럼 달콤한

겨드랑이 털이
근지러울 만치 간드러지는
라일락 꽃향기
솔솔 풍기고 착착 감기는 양
거센 파도 철썩철썩 후려갈기듯

인격 감성이 고스란히 녹아있는
실로 신비롭고 오묘한 예술이어라.

물 흐르는 소리

풀숲 계곡을 헤집고
거친 자갈밭 구르면서도
나무뿌리 돌뿌리 후비면서도
아프다는 소리 한마디도 없는

맑고 고운 청아한 목소리
졸졸졸 도란도란 속살거리는 듯

똥물 오물 잔뜩 품었어도
얼굴 한 번 찡그리지 않고는
멈춤 없이 구르고 뒹굴며 자정하는

강과 바다를 향하는 험한 길
한껏 설레며 차오르는 소중한 희망

점점 불어나 굽이치는 물살도
언제나 변함없이 흐르는 물일 뿐이다.

바라만 보아도 좋은 당신

곱게 핀
어여쁜 꽃송이처럼
그냥 바라만 보아도 좋습니다

맑고 깊은
눈동자 그 웃음
밝게 빛나는 아름다운 그 눈빛

가만히
지켜보는 것만으로도
터질 듯 설레며 벅차오릅니다

그대를
좋아하나 봅니다
뜨겁게 사랑하는가 봅니다

볼수록
달콤하고 향긋합니다
그냥 바라만 보아도 행복합니다.

바람 같은 사랑

어여쁜
꽃송이에 바람이 불 듯
그대 향한 고운 눈빛 느끼시나요
마음속에서 바람이 일고 있답니다

그대한테
다가가고 싶은 벌 나비
신들린 듯 춤을 추며 날아가듯이
머리 옷깃을 살랑살랑 흔들고 싶은

수줍은 듯
미소 짓는 그대 얼굴
느끼지 못하게 살그미 어루만지는
옆을 지나기만 해도 황홀할 것 같은

고요하고
은근한 향기만으로도
어찌 그리도 설레며 아름다운지요
모르게 스쳐 가는 한 자락 바람이기를.

바람 불면 부는 대로

불면 부는 대로
흔들면 흔드는 대로
차라리 맞서서 즐길 터인즉

때리고 할퀴고
뒤흔들고 물어뜯고
눈물 슬픔 울부짖는 고된 길

불고 불어라
흔들고 흔들어라
삶이란 모진 아픔 아니겠으랴.

바람에 흔들리는 이유

순풍에 나부끼는 풀잎처럼
폭풍에 넘실거리는 바닷물처럼
저마다 흔들리는 이유가 있으리라

바람 불면 부는 대로 그냥
휩쓸리며 부둥켜안고 비비면서
서로 얼크러설크러 지내는 것이리라

할퀴고 후려쳐 아플지라도
짓궂은 횡포 행패 귀찮겠지만
쫄깃하면서 짜릿한 쾌감도 있을지니

삶이란 그런 것 아니겠으랴
들러붙어 물어뜯고 엎치락뒤치락
울부짖고 몸부림치는 고해 같은 여정

바람에 흔들리며 사는 이유
시도 때도 없이 부는 바람 따라
어우렁더우렁 함께 살아가는 것이리라.

바람의 횡포

한순간
갑자기 후려치고
어느샌가 도망치듯 사라지는
무심코 지나치는 나그네 같은
난폭한 패악질 잠시 잠깐뿐이지만

하기야
머물다 가고 싶어도
어찌 마음대로 뜻대로 되랴
어서 빨리 꺼져라 길을 비켜라
온통 서로 할퀴고 밀치고 물어뜯는

달리다가
지치고 힘들지라도
쉬지 말고 불어라 바람아
언젠간 추한 짓들 날려버릴 터
기분 좋은 훈풍 불 날도 찾아오리라

회오리 돌풍 토네이도…
사납고 거친들 얼마나 오래 머물겠는가.

보금자리

어느
누군들 꿈꾸지 않으랴
죽도록 찾아낼 수 없을지라도
아늑하고 포근하며 따사로운 곳

맑고
깊은 호수 같은 눈빛
갓 앗은 솜털처럼 부드런 손길
그윽이 기대고 싶은 따끈한 가슴

소중히
가꾸고 일궈나가는
소망을 꽃피우는 힘찬 발걸음
너도나도 기리는 보금자리를 향한

한 올
한 땀 엮어가는 열정
그 마디마디 너무너무 소중한
끝내 헤맨다 하여 서러울 건 뭔가

꺼지지 않는
영롱한 불꽃만으로도 늘 설레거늘.

봉선화

임 오실까 기다리는 걸까
엷은 옷자락 하늘하늘 날리네

울타리 밑 장독대 옆 뜨락
봉황 날갯짓 훨훨 날고 싶은가

달콤하고 따사로운 햇살
포근히 보듬어 어루만지니
사뭇 설레며 두근대지 않으랴

사무치어 아롱진 그리움
잊지 못하는 타는 듯한 가슴
피눈물로 달래느라 붉게 끓는가

꽃잎을 곱게 찧고 빻아서
소중히 고이고이 새기고 싶어
손톱에 감아 어여쁜 물 들이노라.

부모라는 이름

부부라는
인연으로 만난 두 사람
날로 쌓인 추억과 고단함 속에
어느덧 부모라는 이름을 나눠 갖지만

그 어깨가
너무나 무겁고 버거워
눈물겹도록 사납고 험난한 여정
뼈를 깎고 피를 말리는 고통의 길이여

아버지와 어머니라는
그 생경한 이름만큼이나
가슴을 짓누르는 묵직한 소명감
산산이 부서질지라도 보듬고 가꾸리라

부부와 부모는 같아도
영혼의 깊이는 서로 달라
뜨겁게 활활 타오르며 펄펄 끓는 사랑

한없이 크고 넓고 높은
한도 끝도 없이 퍼주기만 하는
그 길이 지치고 힘겨워도 마다하지 않네.

불꽃 같은 단풍

곱게 물든 단풍의 살갗은
가까이에서 보는 것보다는
좀 멀리 아른아른 보아야 더 아름답다

연곤지 곱게 바르고
족두리 쓴 새색시들이
수줍음에 배배 꼬며 사리는 양
어여쁜 자태야말로 볼수록 사랑스럽다

소슬바람 따라
넘실거리는 물결
풍요롭고 넉넉한 파도
활활 타오르는 불꽃 같은
눈물겹도록 뭉클하고 황홀하기만 하다

아쉽기도 하리라
목 터지거라 소리치고도 싶겠지
오방색 꽃가마 타고 시집가는 각시처럼
그래, 눈물도 찔끔 나리라.

빈손

어허, 이를 어쩐다
마지막 떠나가는 쓸쓸한 길

결국 빈손으로 갈 것을
아무것도 못 지닐 거면서
한평생 오르고 쌓고 움켜잡았던가

해내고야 말겠다는 들끓는 욕망
활활 타오르는 불길에 휩싸인 채
남김없이 죄다 태웠건만 한 줌 재뿐

하기야 어찌 그대뿐이랴
만추의 숱한 꽃과 나목들도
같은 길 망설임 없이 가고 있거늘
바람처럼 구름인 양 스치고 흐르거늘

어느샌가
스러지는 아침 이슬 같은,
그 길을 어느 뉘라서 피할 수가 있으랴.

뻘밭

은밀히
숨으면 못 찾겠지
발 빼려 바락바락 악만 쓰다
아마도 헛고생하다가 끝날 거야

조개 낙지들의 소망이
타짜들 높은 경륜과 지혜로
가차 없이 줄줄 낚아 올려지면
한심한 전략임을 깨닫게 될 테지

참담한 흑역사이긴 해도
서로가 속고 속이는 세상
아수라장 진흙탕 싸움이자
피할 수 없는 잔혹한 전장
쪽팔릴지라도 어쩔 수 없지 않은가

반드시
캐고 낚아야만 한다면
기어코 그 일 해야만 된다면
뻘밭을 헤매야만 하는 길 아니겠으랴.

뿌리 깊은 나무

우리가 나무이면
강한 폭풍우에도 잘 견뎌내는
굵고도 깊은 뿌리를 지니고 있다

오랜 역사를 지닌
잘 가꾼 금수강산 대한민국이
그 얼마나 자랑스러운 내 조국인가

동방의 작은 나라
모진 수많은 어려움 속에서도
보란 듯 당당히 번영의 꽃을 피우고

장엄하게 우뚝 솟아
굽이쳐 넘실거리는 소망의 물결
날로 커가는 위풍당당한 기세를 보라

세계 속의 내 조국
희망의 깃발 높이 휘날리며
가지도 줄기도 뿌리도 잘 보살펴
대대로 길이길이 물려줘야 하지 않겠는가.

사랑 없는 사랑

사랑과
믿음이 없는 사랑은
모래 위에 지은 집이나 같다
비바람에 언제 무너질지 모르는

사랑만큼 변덕스런 것은 없고
사랑처럼 변화무쌍한 열정도 없다

아문
상처가 굳은살 되듯
식었거나 허물어졌을지라도
다시 정성껏 덥히고 쌓아 올린다면

겨울이 가면
새싹이 파릇파릇 돋아나고
밤이 지나면 환한 아침이 밝아오듯

모진 담금질에
명검이 만들어지는 것처럼
사랑과 믿음도 아름다운 꽃이 핀다
사랑 없는 사랑보다 불행한 사랑은 없다.

사랑하고 싶은 마음

바라만 봐도 설레구요
생각만 해도 쿵쿵 뛰어요
솜사탕처럼 달콤한 내 가슴

그댈 좋아하는 걸까요
사랑하고 싶은 마음일까요
활활 타오르는 뜨거운 불길
아마도 그대를 사랑하나 봐요

가까이 다가서고 싶네요
포근하게 안아주고 싶어요
고이고이 보듬어 지키고 싶어요

환히 웃는 반짝이는 눈빛
은은하고 그윽한 너그런 마음

해맑고 꾸밈없어 순수한
숫눈 같은 그대로가 너무 좋아요.

사랑하기 때문에

젊어서는
사랑이 뭔지도 몰랐습니다
그냥 시집 장가 가는 게 사랑이구나
짝지어 만나 살림 차리는 게 사랑이구나
둘이 어울려 백년해로하는 게 인생이구나

살아 보니
사랑은 그런 게 아니었습니다
날마다 꿀처럼 달콤할 줄만 알았지만
웃음과 행복이 철철 넘칠 줄 알았는데
시작서부터 고생과 시련의 연속이었습니다

젊어서는 열정과 패기로 살고
중간에는 도전과 투쟁에 허덕이며
늦게서야 사랑이 뭔지 어렴풋이 깨달아
고운 정 미운 정 좋은 정 싫은 정 매어
아등바등 사는 게 인생이란 걸 알았습니다

이제는 지치고 아픈 삭신
등 긁어주는 사람 없으면 살 수가 없는
늦가을 나목처럼 외롭고 쓸쓸함도 알겠습니다.

사랑하는 가슴

따사로운 마음속에는
정겨운 사랑이 넘실거리고
사랑하는 가슴 속에는
너그러운 온정으로 가득하다

너그러운 포용 속에는
미움의 그림자가 사라지고
한없이 베푸는 사랑이 춤추며

진정 사랑한다는 것은
온전한 믿음으로 어루만지고
아낌없는 정성으로 보듬고 살핀다

사랑하는 가슴과 얼굴은
언제나 밝은 웃음이 꽃피고
맑고 깊은 눈동자 속에는
사랑의 물결이 한가득 출렁거린다.

사랑하는 길

지극히 아끼는 정성입니다
고이고이 보살피는 열정입니다
항상 베푸는 이해이자 포용입니다

활활 타오르는 불꽃이요
펄펄 끓는 시뻘건 불덩이입니다

심히 지치거나 아플지라도
식거나 꺼지지 않는 거센 불길
이글이글 작열하는 광명의 빛입니다

그 길이 험하고 거칠지라도
사랑하지 않고는 견딜 수조차 없는

늘 사랑의 노래를 부르며
오직 사랑하기 위해 살아야만 하는

죽도록 영원히 사랑 때문에 사는
위대하고 거룩한 희생과 헌신입니다.

사악한 웃음소리

교활한 악어의 눈물처럼
음흉하고 사악한 웃음소리

담장을 구르는 능구렁이
독침을 흔들어대는 방울뱀

목이 터져라 소리를 쳐도
반향 없는 메아리만 맴돌 뿐

그러길래 왜 크크크 웃나
흐흐흐 낄낄낄 웃느냐 말야

웃는 것도 조심조심해야지
중심을 잘 잡고 웃어야만 해.

살펴보니

앞으로
살아갈 날들이 바람 같아요
살을 에는 듯한 칼바람 돌풍 태풍 폭풍
조용할 날 없이 불어오는 거칠고 사나운
살펴보니 장차 헤쳐갈 날들이 바람 같아요

앞으로
살아갈 날들이 파도 같아요
산더미처럼 밀려드는 모질고 아픈 시련
잔잔할 날 없이 덮쳐와 휘젓고 뒤흔드는
살펴보니 장차 헤쳐갈 날들이 파도 같아요

앞으로
살아갈 날들이 전쟁 같아요
멈춤 없이 미워하고 공격하며 핍박하는
악랄하게 때리고 할퀴고 물어뜯고 죽이는
살펴보니 장차 헤쳐갈 날들이 전쟁 같아요

어찜 좋아요
아, 어찌해야 바람과 파도와 전쟁이 멈출까요.

삶과 죽음의 경계에서

한순간이면 바뀌는
생존과 죽음의 경계에서
비록 당장 죽을지라도 그 순간까지는
살아야만 하는 눈물겹고 처절한 도전과 투쟁

언제 어디서
예고 없이 닥칠지 모르는
온갖 사고와 불행은 끊임없이 이어지고
아슬아슬한 생사의 갈림길은 위태롭기만 하다

삶이란 값지고 위대한 길
잠시 동안 피고 지는 수많은 꽃
덧없이 시들고 스러져도 소중한 것처럼
바로 지금 살아있다는 사실만으로도 참 귀하다

얼마나 더 살지 누구도 모른다
재물과 명예를 지킬 줄도 알지 못한다
머잖아 슬픔과 아픔이 기다리는 줄도 모르는
자신이 못나고 어리석은지 아무도 깨닫지 못한다.

삶의 무게

새벽부터 오밤중까지 우당탕탕
꿈을 캐고 일구는 소리 요란하다
들뛰는 맥박과 호흡 누리에 가득하다

쉼 없이 갈고 닦고 올라야 한다
씨 뿌리고 땀 흘리며 쌓아야 한다
하늘을 날고 바다를 헤쳐나가야 한다

비록 그 길이 멀고 험할지라도
차마 숨 막히게 지치고 고될지라도
무겁다 하여 짐을 벗어 던질 수는 없다

어제도 오늘도 또한 내일과 모레도
언제쯤 끝날지도 모르는 여정이지만
열정과 도전을 한순간도 멈출 수는 없다

한세상 산다는 게 그런 길이려니
서럽게 울부짖고 아파 몸부림을 치는
아, 그럴지라도 버리거나 포기할 수는 없다.

상처는 아물어도 남는 흉터

상처가 아물어
남겨진 굳은 흉터들은
잊지 못할 아픔과 눈물을 보듬고 있다

사납고 험한
생존의 길 위에서
처절하게 맞닥뜨려야 하는 여정 속에서

모질도록
짓밟히고 찢겨버린
상처는 점점 아물지라도 흔적은 남거늘

사랑하는 사람을 먼저 보낸 아픔
믿음으로부터 배신당한 기막힌 좌절
실패와 절망 속을 헤매도는 통절한 고통

아무리 지치고 고단할지라도
결코 포기할 수 없는 눈물겨운 생존에서

어느 누군들 상처와 아픔 없겠느냐만
온갖 흉터가 많을수록 위대한 삶이 아닐까.

새로운 물결

더럽고 칙칙한 벽에 페인트를 바르면
산뜻하고 말끔한 모습으로 바뀌는 것처럼
이른 봄 초목들이 서둘러 새 옷으로 갈아입듯
새 시대 새 물결 새 희망이 강물처럼 넘실거리는

썩거나 마른 가지는 잘라내야 하지만
싱싱한 새잎으로 새 출발 하는 나무들처럼
새로운 모습을 바라는 열망으로 펄펄 끓어넘치는

새로운 것일수록 좋다는 보장은 없다
혁신의 바람이 이롭다는 기대도 위험하다
바다는 바다요 강은 강이며 산은 산이듯이
상식과 공정의 물결을 막거나 거스르지 말아야 한다

섣부른 새 바람은 돌풍이 될 수 있다
무작정 거친 새 물결은 노도를 몰고 온다
함부로 일으키는 새 희망은 절망을 낳기도 한다

꿈과 소망은 환상으로 이룰 수가 없다
열정과 도전만으로 나라를 가꿀 수는 없다
통합과 지혜를 한데 녹여 새로운 물결을 만들어야만 한다.

서낭당 고갯마루

어릴 적 기억으로는
늘 으스스하고 을씨년스러운
옛 고향 천기,
야트막한 고갯마루에 외로이 서 있던 한 그루의 나무

울긋불긋 오방낭 자락들 바람에 날리고
자그만 돌무더기엔 귀신 유령 진짓상일까
어쩌다가 떡이랑 먹을 음식이 차려지던 곳
늘어진 새끼줄에는 꼬깃꼬깃 쑤셔 박은 노잣돈 몇 푼

자칫 눈길이라도 마주치면 벌이라도 받을까
무서운 가슴 두근두근 얼른 도망쳐 지나칠 때
뭐 큰 잘못 저지른 것도 없는 철부지 어린애가
어찌 그리도 뒷머리까지 쭈빗쭈빗 하늘로 치솟았을까

언제나 그런 마음이라면
제아무리 말세의 시대라 할지라도
죄지을 배짱이 나지 않을까 싶기도 하다만
하는 짓 보면 서낭당 저주쯤 하나도 두렵지 않은가 보다
흉한 꼴 보기 싫다 싹뚝 잘라버리면 그만인 것을.

소중한 사람

너무 늦은 황혼 무렵에야
함께한 당신의 소중함을 알았습니다
마른 나뭇가지 아궁이에 태울 즈음에야
세상에서 가장 소중한 사람임을 깨달았습니다

인생이란 참 덧없는 것이로구나
바람처럼 구름처럼 흘러가는구나
젊은 시절 일찍 알았다면 좀 더 잘해줄걸
이제야 알고 나니 늦은 후회임을 통감합니다

이제라도 깨달은 것이 다행일까요

영영 모르고 세월이 다 간 것보다야
남은 세월이 얼마나 될지는 모르겠지만
늦게라도 당신한테 정말 고맙구려 수고했소
늦가을의 낙엽처럼 바스락거릴 수 있을 테니까요

앞으로 남아있는 시간 속에서
같이 손잡고 오순도순 살아간다면
겹겹 둘린 아픔 시련 저 멀리 떨쳐내고
머잖아 떠나갈 날까지 서로 보듬고 웃으며 산다면.

소중한 생명

창공을 휘젓는
하루살이의 춤사위도
우주의 경이로운 아름다움을 칭송하거늘

맹렬한 투지와
뜨거운 열정 불태워
설레는 꿈과 소망을 향해 힘껏 내달리는
위대하고 소중한 생명들

꼭 이루고야 말겠다는
기어코 해내고야 말겠다는
도전을 향한 힘찬 맥박과 거치른 숨소리

아무리 고단할지라도
장벽과 파도가 막아설지라도
끝끝내 해내고야 말겠다는 옹골찬 전투력

아, 그대는 우주보다도 소중한 생명이어라.

손잡고 같이 가요

지치고 고단한 우리 삶이
제아무리 어렵고 힘들지라도
서로 믿고 의지하며 같이 가요

소중한 만남이 헛되지 않게
고귀한 인연 고이고이 보듬고
서로 사랑하고 보살피며 살아요

너무너무 고맙습니다
진정 사랑하고 감사합니다
정말정말 당신한테 미안합니다

한세상 헤쳐내는 길이
온갖 아픔에 눈물일 줄이야
고생만 시키는 나를 원망하시오

그래도 이 못난 사람
곁에서 묵묵히 지켜주시니
당신처럼 착한 천사가 또 있을까.

숯 속의 진주

오랜 기도
눈물겨운 정성으로
조개가 빚은 진주도 아름답거늘
숯가마 속에서 진주를 발견한다면

펄펄 끓는
도가니 속 황금처럼
일렁이는 불꽃이 빚은 예술품이야
너무너무 영롱하면서도 찬란하리라

숯 속의 진주
그 얼마나 빼어나랴
날마다 쌓고 도려내는 달 같은 길
연단과 담금질만으로도 으뜸일 것을

처절한
아픔 없이 옹이 없고
상처 없이는 굳은살도 없는 것처럼
쉼 없이 갈고 닦는 길만이 지름길이다.

슬픈 거짓말

어차피
사실 아닌 거짓으로
진실을 가릴 수 없음을 알면서도

거짓을
거짓 아닌 진실인 양
뻔뻔스러운 말을 해야만 할 때는

혀를 깨물며
슬피 통곡하면서도
수렁에서 벗어나고 싶을 때일 게다

소중한 자신이 허물어지도록
그대로 내버려둘 수는 없지 않은가

나중 언젠가는 밝혀진다 해도
끝내 묻어두고 싶은 상처와 눈물
차마 하기 싫은 슬픈 거짓말일 게다

아,
오죽이나 애절하면 속이고 싶겠으랴.

신기루

문득 오로라처럼 피어난
현란한 광채가 아니어도 좋습니다

홀연히 신기루 같이 나타난
아름다운 모습이 아니어도 괜찮습니다

그대가 나타나기만 한다면
그립고 보고 싶은 그대 모습이
눈앞에서 아른거리기만 한다면
그대를 향해 미친 듯이 다가갈 것입니다

아, 그 얼마나
오래도록 애태워 기다린 당신인데
한순간도 머뭇거리지 않고 달려갈 겁니다

그대는 내 꿈이자 소망,
이루고 싶은 가장 큰 희망이기 때문입니다.

심판대

이 세상 살면서 저지른 온갖 잘못들은
돈도 많고 줄도 좋아 처벌을 피한다 해도
죽는 순간 저승사자 포승줄 묶여 펄펄 끓는
유황불을 피해 극락으로 직행할 수 있으려나

또한 머지않아 하늘나라 심판대에 서서도
지옥행 아닌 천국행 열차에 오를 수가 있을까
나쁜 짓 낱낱이 기록된 새빨간 잉크 자국
아직 마르지도 않았는데 뻔뻔한 거짓말이 먹힐까

스스로 과오를 눈물로 뉘우치며
심판대 앞에 자복한다면 용서받을지언정
어느 곳에서나 변명과 발뺌은 통하지 아니하리라

운 좋게 세상의 감옥과 교수대의
단죄를 피할 수 있을지는 모르겠으나
죽도록 자신을 짓누르는 무거운 중압감
양심의 통곡 자책과 추궁에서 헤어날 순 없으리라

잘못 없는 인간은 아무도 없지만
지은 허물을 참회하면 용서받을 수 있으리라
인간의 나약함을 잘 아시는
하나님과 옥황상제께서도 긍휼과 은총을 베푸시리라.

쌓고 허무는 정 때문에

대체
그놈의
정이란 것이 뭔지
주고받는 마음 고운 정 미운 정

정성껏
쌓아
부수고 허물지라도
늘 끓다 식다 지지고 볶으면서도

꽁꽁 언
차디찬 얼음 녹아내리듯
좋은 정 싫은 정
얽히고설키어 살아가는 것이라네.

씁쓸하고 꿀꿀한

마음이랑
기분이 가끔
씁쓸하고 꿀꿀할 때가 있다
살다 보면 그냥 그런 때가 있다

어느
누구의 일상인들
언제나 달콤하고 상큼하랴만
심신이 나른하여 천근만근 늘어진다

너무
힘겨워 그러리라
지치고 고단해서 그럴 게다
그런 게 나그네의 발길 아니겠는가.

아니, 왜들 그러십니까

요즘 세상
돌아가는 꼴락서니가
영락없이 도깨비장난 아수라장만 같습니다

아니, 왜들 그러십니까
뻑하면 진흙탕 싸움질이요
툭하면 발가벗기고 할퀴고 물어뜯고…

하나같이
못된 짓들만 골라서 하니
뭐가 진짜이고 가짜인지 도통 모르겠습니다

이게 무슨 선의의 경쟁입니까
이거야말로 다 함께 죽자는 쌈박질이 아닙니까

아무리 밉고 싫어도 그렇지
죽이고 싶도록 역겨워도 그렇지
이건 진짜 너무 지나치고 막 가자는 거 아닌가요

아예 눈 가리고 귀 틀어막고
정신없이 들뛰다 보니 아무 생각도 없으신가 보죠.

아름다운 꿈

생각만 해도
한껏 설렙니다
바라만 보아도 벅차오릅니다
활짝 핀 꽃보다도 향기롭습니다

늘 소망의
물결 넘실거리고
터질 것만 같은 뜨거운 가슴
날이면 날마다 힘차게 딛는 발길

그 길이
지치고 힘들지라도
그대 향한 열망 날로 거세고
활활 불타오르는 불길 일렁입니다

그대는
너무나도 아름답습니다
눈부시도록 멋지고 찬연합니다
언제나 펄펄 끓어오르는 희망입니다.

아름다운 진실

더럽고 추한 것이 거짓이요
아름다움이 진실임을 알면서도
거짓을 진실처럼 보이려 위장하고

아무리 노력하고 애를 써도
거짓은 거짓뿐임을 잘 알면서도
어리석은 헛수고에 매달리고 있는

가짜와 진짜는 서로 다투고
거짓과 진실은 진실게임을 하며
언제 끝날지 모를 진흙탕 싸움이요

어느 것이 진짜인지
또한 어느 것이 진실일지
그리고 가짜와 거짓은 어느 것일까

이미 뒤죽박죽이자
엉망진창인 세상에서 잔뜩
기울어진 운동장 외에는 아무도 모른다.

아프지 않은 사랑

기쁘고 좋아서 우시나요
울고 싶도록 너무 많이 아프지요
뜨겁게 흐르는 눈물이 사랑이니까요

좋기만 할 줄 알았는데
즐겁고 행복할 줄만 알았는데
사랑한다는 것이 아픔과 눈물일 줄야

울고 싶거들랑 우시지요
삶이란 어렵고 힘든 길 아닌가요
앞을 향해 내딛는 발길 가시밭인걸요

그대는 아름다운 정원사
열정과 정성으로 피우는 소중한 꽃
활활 타오르는 펄펄 끓는 희생과 헌신

아파도 아프지 않은 사랑
지치고 슬퍼도 결코 슬프지 않은
영원히 시들지 않을 위대하고 향기로운.

악마의 꼬리

괴물과 악마가 우글거리지만
어느 누가 괴물이고 악마인지
찾고 또 찾아도 알 길조차 없다

창공을 지나가는 구름처럼
그냥저냥 살다 보면 언젠가는
머리와 몸통 꼬리를 드러내겠지

머리와 몸통은 사라진 채
꼬리만 보일지도 모르겠으나
머리와 몸통은 이미 감췄겠지만

하기야 꼬리 모양만 봐도
머리와 몸통까지 밝혀내거늘
내 꼬리 아니다 우기면 어쩐다지

그렇다 하여 그냥 놔두나
맨날 머리 몸통 꼬리 타령이요
서로 네 것이다 아니다 으르렁대네.

알맹이와 껍질

껍질 벗긴
먹거리나 과일에서는
어김없이 알맹이가 나온다

오직 진실이요
밝힌 인간의 속에서는
구린 똥만 꾸역꾸역 나온다

까도 까도, 가면
싸도 싸도, 똥덩이
진실의 탈을 쓴 가짜뿐이다

믿어달라는 말도
진실뿐이라는 말도
하나같이 속속들이 다 거짓뿐

껍질만
뒤집어쓰고 있어야
그래야지 살아남을 수가 있나 보다.

어버이의 강

오랜 가뭄에
강물은 마를지라도
넘치는 어버이의 사랑은 마르지 않는다

심히 지쳐 굶주려 쓰러질지라도
지극한 어버이의 정성은 식지 않으며
간절한 어버이의 기도는 멈추지를 않네

손발이 다 닳도록 고생할지언정
한도 끝도 없이 베푸는 그 희생과 헌신

모질도록 험한 길도 망설이지 않는
샘처럼 용솟음치는 자식 향한 울부짖음

제아무리
버겁고 성한 데 없이 아플지라도
거칠고 험한 강 앞뒤에서 끌고 밀며
고된 길 끝끝내 묵묵히 헤쳐내는 사공들

아, 언제라도 한결같은
철철 흘러넘치는 위대한 어버이의 강이여.

언젠간

그대의 삶이
심히 어렵고 힘들지라도
한평생 걷다가 보면 그럴 때도 있지
그래 맞아 가시밭길을 걸어가는 삶이니까

그대의 길이
너무 슬프고 아플지라도
한평생 헤치다 보면 그럴 때도 있지
그래 맞아 험한 풍랑을 헤치는 여정이니까

실패를 거듭해
아픈 절망 속을 헤맬지라도
한평생 살다가 보면 그럴 때도 있지
그래 맞아 허덕이고 헤매는 게 인생이니까

아무리 고단해도
끝내 좌절하지만 않는다면
너무너무 버거워도 포기하지만 않는다면
꿈과 소망을 품고 열망을 향해 달려간다면
그래 맞아 언젠간, 꽃이 피고 열매도 맺으리라.

얻음과 차지

생존경쟁에서
살아남기 위한 몸부림
부지런한 새가 높은 가지에 앉을 수 있고
일찍 일어나는 새라야 먹거리를 많이 얻듯
남보다 먼저 차지하고 얻으려는 처절한 경쟁

잠시도
투쟁의 불꽃을 꺼뜨릴 수 없고
숨 막히도록 들뛰어야만 쟁취할 수 있는
한순간도 긴장과 경계를 늦춰서는 안 되는
제아무리 지치고 힘들지라도 쉴 수조차 없는

기어코
차지해야만 한다는 들끓는 열정
반드시 손에 넣어야만 한다는 불타는 야망
가도 해도 한도 끝도 없는 험한 길일지라도
마지막까지 가고 해야만 한다는 맹렬한 투지

아, 차마 눈물겹도록
고단한 발걸음일지라도 끝끝내 멈추지를 않는다.

열망을 향한 도전

뻘뻘 피땀을 흘리지 않고서는
높은 산꼭대기에 오를 수가 없고
쉼 없이 흐르지 않고는 바다에 이를 수 없다

뼈를 깎고 피를 말리는
모질고 옹골찬 도전과 투쟁이 없이는
거치른 몸짓과 펄펄 끓는 열정이 없이는
꿈과 소망을 이룰 수 있는 것은 아무것도 없다

한 올 한 땀씩 엮고 짜는
심신과 영혼을 불사르는 그 험한 여정은
갈수록 점점 가파르고 눈물겹도록 처절한 길이요

가다가 쓰러지면 벌떡 일어서고
하다가 넘어지면 곧바로 일어나야만 하는
심히 지치고 힘겨워도 좌절하거나 포기할 수 없는

심혈을 쏟아부어 가도 해도
한도 끝도 없는 머나먼 길이지만,
가다 멈추거나 하다 그만둘 수도 없는
차마 숨 막히도록 고단한 길이어도 가고 해야만 한다.

오리발

물갈퀴가 달린 손과 발은
물속에서 헤엄치기에 아주 편리하리라

숱한 잘못을 저지르고도
쭉쭉 뻗으며 아니야 그런 적 없어
손과 발바닥을 동시에 흔들어대는 게다

죄가 확정되기 전까지는
무죄 추정의 원칙이 있지 않은가
어차피 드러나는 건 빙산의 일각뿐
죽어도 아니라면 그만이지 뭘 어쩔 거야

묻고 싶다 죄 없는 자 누군가
탈탈 털어 먼지 안 나는 인간 있을까
약삭빠르게 앞다투어 잘못을 감추거늘
무덤까지 가지고 가면 깜쪽같은 것 아닌가

하지만 세상은 호락호락하지 않다
언제까지 숨길 수 있는 잘못은 없을 터
끝까지 숨길 수 있다는 배짱 또한 위험하다

더구나 하늘을 가릴 순 없는 노릇

오리발이 아무리 좋아도 보장해주진 못한다.

왜 눈물이 나려고 하지

문득문득
왜 눈물이 나려고 하지
잊어야지 잊어야지 하면서도 왜 왜
여린 가슴이 모질지 못해 질질 짜는가

이제는
잊을 때도 되었건만 아직도
마음도 가슴도 영혼도 너무나 외로워
그대 향한 절절한 그리움 영영 못 잊는

사랑한 사람
떠난 자리가 이다지도
이토록 두고두고 아프고 슬플 줄이야
죽도록 영원히 건너지 말아야 하는 것을.

위대한 삶

기적의 연속인 생존은
어마어마한 행운이요 축복,
이어지는 순간순간마다
실로 위대하고 경이롭지 아니한가

우연이라기보다는
놀라운 섭리 속에 운행되는
수많은 파편의 집합체가 아닌가

어느 한순간도
뜻대로 마음대로 되지 않는
오묘한 베일에 가린 신비로움
그 불가사의한 세계를 어찌 풀 텐가

생각도 마음도
우주보다도 창대하지만
내 것은 어느 하나도 없는
돌고 도는 톱니바퀴와도 같은
망가지고 부서지는 굉음이 들리지 않는가.

이 또한 지나가겠죠

저 창공의
방랑 구름 흘러가듯
사납고 험한 폭풍도 잠잠해지듯
그대 가슴 아픈 상처도 아물겠죠

울고불고
통곡하는 울부짖음도
원통한 마음 흐느끼는 슬픈 영혼
어느샌가 얼음이 녹듯 풀리겠지요

도저히
용서할 수 없는 미움도
죽도록 잊을 수 없는 분노와 저주

갈수록 점점 더
북받쳐 오르는 복수심 총칼까지도

이 또한 지나가겠죠
훗날 언젠가는 아스라이 멀리멀리.

이른 아침

새로운 출발을 하기 위해
잠에서 깨어나는 소망찬 시간
일어나는 눈빛엔 생기가 넘치고
오늘도 온 힘을 쏟으려는 거친 몸짓들

쉼 없이 달리는 길일지라도
심히 지치고 고된 여정이지만
불끈 솟구치는 찬란한 태양처럼
힘찬 발돋움을 다짐하는 뜨거운 가슴들

성과를 일궈내야만 한다는
향기를 피워내고야 말겠다는
가고 또 가고 하고 또 하겠다는
시뻘겋게 이글이글 끓는 열망의 불꽃들

아름답고 보람된 이정표를
오늘도 오늘다운 멋진 하루를
결코 후회하지 않을 가치를 향한
줄기차게 내달리는 굳센 걸음걸음이어라.

이상한 세상

이상하다
왜 그럴까

잘은 모르겠으나
구석구석이 요상하다

말하는 태도
사랑하는 짓
살아가는 모양
쌈박질하는 모습

이상해야 정상인 듯
야릇한 게 정상인 양

되게 묘하다
볼수록 야릇하다
암만 봐도 이상한 세상이다.

이혼 풍경

물결이 일더니 바람까지 불어
이렇게 살 바엔 차라리 찢어지자
지옥 같은 삶 청산하고 집어치우자
지긋지긋한 부부 사이 여기서 끝내자

너무 밉고 꼴 보기도 싫다구요
그런 게 바로 사랑의 질곡입니다
곱다가도 밉고 싫다가도 좋은
고요한 바다에 갑자기 폭풍이 일 듯

어느 부부도 다 겪는 갈등이지요
거친 풍랑은 끊임없이 몰려오니까요
하루도 잠잠할 날 없는 고난 역경은
지치고 고단한 일상을 뭉개고 허물지요

맨날 울고불고 통곡하는 무리
곳곳에 그 얼마나 많은지 아시나요
갈라서자 헤어지자 하면서도 그냥저냥
혼인날부터 시작되는 지옥의 풍경이죠

아무리 그래도 미운 정도 있는 거잖아요.

인간의 표정

눈빛 표정으로는 알 수가 없다
환히 웃는 얼굴로도 알지 못한다

무슨 생각을 하고 있는지
어떤 음모를 꾸미고 있는지
얼마나 더 많은 죄를 저지를 것인지
도무지 알 수 없고 알지 못한다

주먹 불끈 쥐고 믿어달라
이를 악물고 자기는 아니다
앞으로는 결코 그런 일 없을 것이다
목이 터져라 소리쳐도 공허하기만 하다

믿어야지 믿어야지 하면서도
잘할 거야 잘할 거야 하면서도
아, 그놈의 교활한 속 알 길이 있어야지

답답한 가슴 어이해야만 하나
강 건너 불구경하듯 할 수도 없고
그래 좋아지겠지 나아지리라 믿을 수밖에.

인과응보의 굴레

삶의 여정이
과거에서 현재와 미래로
이어진다면 현생의 연속이거늘
인과응보인 윤회의 굴레에서 맴도는 것

일상에서
베푼 만큼 행한 대로
아무리 줄이 좋고 돈이 많다 해도
다음 세상에서도 그대로 누리고 겪을 터

그대는 어쩔 셈인가
그냥저냥 대충대충 지내다 죽어
내세에서도 그냥저냥 대충대충 보낼 텐가

그 또한 그대 마음
그런다 한들 별반 손해 볼 것은 없겠지만

어차피,
베푼 만큼 한 대로 받을 터이니
어찌 살든 그거야 전적으로 그대 맘이지 뭐.

자물통과 열쇠

행방이 묘연한 열쇠들
오락가락 찾지를 못하거나
혼자만 알다가 갑자기 죽거나

자물통 속에 있는 황금이
주인을 잃고 숨 막혀 운다
왜 나를 버리셨느냐 통곡한다

오직 혼자서만 알고 있는
절대 알아서는 안 되는 극비
날로 늘어나는 비밀번호와 암호

마음과 가슴 양심 영혼도
이제는 열쇠로 열어야 한다
나만이 아는 은밀한 사연 같은
죽기까지 우기면 아무도 모르는

새로운 열쇠가 늘고 있다
혼자서 깎은 요상한 모양을 한
흑역사라도 영원히 감출 수가 있는.

자연으로 가는 길

들판처럼
진실한 삶은 없다
산만큼 소중한 발자취도 없다
자연으로 있다가 자연으로 돌아가는

거짓도
꾸밈도 없이 그대로
훌훌 벗어 던지고 훨훨 날아가는
미련도 후회도 없다는 듯 홀가분한

그 모습
한결같이 자연일 뿐
들판은 들판이요 산은 산인 것을
하늘도 바다도 언제나 그대로인 것을.

장발장

아,
늙기도 서럽거늘
풀칠할 음식이 없단다
목구멍 서럽게 울부짖어도
달랠 수조차 없어 굶어 죽는다

그러니
가만히 앉아
굶어 죽을 순 없는 노릇
훔쳐서라도 먹어야 살 수 있다

노인
장발장이 늘고 있단다
먹거리 넘치도록 풍성한 요즘
굶주려 허덕인다니 말이 되는가

가난 구제는 어렵다 해도
고려장 보릿고개도 아니고
너무도 기가 막힌 안타까움이여

아, 이를 어찌해야만 좋단 말이냐.

저수지

젖줄이고
생명수인 그대는
너그러운 둥지이자 보금자리이다
언제나 미소 짓는 넘실거리는 모습

달콤한
어머니의 젖가슴인 양
먹이고 기르는 지극한 정성 사랑
한결같이 베풀고 살피는 넉넉한 손길

너른 품
보듬은 소중한 생명들
맑고 깊은 눈동자 그윽이 빛나고
부드럽고 풍성한 가슴 항상 싱그럽다

고귀한 희생
깊고 너른 보살핌
무거운 짐 얼싸안아 심히 힘들어도
오직 돌보기 위해 묵묵히 참고 견딘다.

절망에 맞서

거친 시련 속에 허덕이고
모진 역경으로 울부짖는 삶이어라

눈물과 아픔 없는 생명 없고
패배와 좌절 없는 여정 또한 없듯

아무리 어렵고 힘들어도
깎아지른 듯한 절벽일지라도
놀랍도록 희망을 일구는 뭇 생명들

실패에 실패를 거듭하면서도
꺾이고 쓰러지고 지쳐 아파도
절대로 멈춰 서거나 물러나지 않는다

슬픔과 아픔은 한낱
풀잎을 스치는 바람 같은 것
당당히 맞서 끝내 도전하고 투쟁할 뿐
절망하거나 포기하지 않는다.

제 자루 못 깎는 도끼

날카롭고 시퍼런 도끼날도
스스로 제 자루를 깎지는 못한다

모질도록 갈고 닦을지라도
처절히 연단 담금질한다 해도
온전히 익히거나 깨달을 수는 없다

어찌 감히
손바닥으로 하늘을 가릴 수 있으랴
지혜가 아무리 영특해도 한계가 있다

모두가 자기 잘난 멋에 산다
나보다 잘난 사람 아무도 없고
그대보다 못난 사람 단 한 명도 없다

나이 많은 늙은이가
세 살 먹은 애한테 배울 것도 있듯
혼자 폼 잡고 잘났다 한들 말짱 꽝이다.

죽이는 절차

팽팽한
긴장감마저 사라진
무덤덤한 삶과 죽음의 경계는
끝을 재촉하는 거추장스런 절차뿐이다

이미
소망의 불이 꺼진 채
구차한 연명이 아무 의미 없는
마지막 스치는 연민조차 느낄 수 없는

죽이거나
죽는 사람 모두에게는
죽이고 죽어야 하는 길만 있고
명분과 당위성에 관하여 누구도 모른다

오직
죽이기 위해 싸울 뿐
죽여야만 하기에 죽일 뿐이요
죽어야만 하니까 속절없이 죽어갈 뿐이다.

지역감정

우리가 남인가!
때만 되면
지연 학연 혈연 당연…
몽땅 들춰가며 외치는 소리

대한민국은 하나요
우리 모두 형제자매이거늘
일부러 가르고 쪼갠다

그래야 이길 거 같으니까
함께 어우렁더우렁 으쌰 으쌰

언제쯤이나
이런 작태가 사라질까
아니지
그냥 그대로 마르고 닳도록 쭈욱…

어차피
대한민국은 하나
우리 모두 형제자매 아닌가

설마하니 나라가 망하랴
가르고 쪼갠들 남남까지야 되겠는가.

직장인

숨 막힐 듯
무거운 짐을 지고
한평생 오르는 험하고 가파른 비탈길
지치고 힘겨워도 묵묵히 견뎌내야만 하는

높고 푸른
하늘 훨훨 날고 싶은
넘실거리는 너른 바다 신나게 내달리는
가슴마다 한가득 끓어오르는 뜨거운 열정

꿈과 소망의
고운 꽃밭을 일구는
탐스러운 열매 알알이 익고 영글어 가는
활활 불타오르는 열망과 힘찬 도전의 함성

꼭 이루리라
이루고야 말리라
기어코 해내리라 해내고야 말리라
언젠간 아름다운 꽃이 피고 열매를 맺으리라.

짊어진 짐

저릿거리는 어깨와 다리
무겁게 짊어진 짓누르는 짐

이를 악물고 버티는 아픔
처절한 굴레 사무치는 설움

얽히고설킨 수많은 사연
마디마다 아롱진 시련들이여

숨 막히도록 딛는 걸음걸음
고비 굽이 얼룩진 곡절들이여

끝내 참고 견뎌내야만 하는
지치고 힘겨워도 걷고 또 걷는다.

찔레 같은 사랑

아파서 울다가
꽃으로 피어났나요
사무치는 그리움 가시로 돋았나요

앞으로 다시는
슬픈 사랑일랑 싫어요
눈물 아롱진 가시 같은 사랑 미워요

엄마 가슴 같은
울부짖는 영혼 같은
외롭고 슬픈 사랑일랑 오지 말아줘요

싫어요 미워요
정말 싫어요 미워요
가시 같은 찔레 같은 안타까운 사랑은.

처절한 몸부림

산이 높을수록 점점 가파른 것처럼
오를수록 험하고 거치른 길일지라도
멈추지 않고 기어코 오르고야 말겠다는
반드시 해내고야 말겠다는 불타오르는 열정

지쳐 아파 쓰러지면 다시 일어나
찢기고 망가질지라도 꺾이지 않으며
온갖 시련 역경 속에서도 결코 무너지지 않는

꿈과 소망을 가꾸고 일구는 길
줄기차게 걸음걸음 오르고 오르리라
열정을 쏟아부어 가고 또 가리라, 하고 또 하리라

아픔 없는 생명이 어디 있으랴
몸부림치며 울부짖지 않는 풀꽃이 있겠는가
순간순간의 여정이 고통의 연속인 것을
굽힘 없이 눈물겹도록 참아내는 모진 길인 것을

비록 온몸이 산산이 부서진다 해도
앞날을 향한 발길 멈춰 서거나 포기하지는 않는다.

청년의 발길

무궁무진한 가능성을 향한 길

비록 거친 몸짓으로
사나운 풍랑 속을 거닐지라도
용맹스러이 돌진하는
그 험한 길을 두려워하지 않는다

차마 오늘의 꿈이
한낱 물거품이 될지라도

점점 거칠고 숨이 막힐지라도
내딛는 발걸음을 멈추지도 않는다

어제와 다른 오늘이기를
오늘보다 새로운 내일이기를

앞날을 바라보는 그 열망의 발길
그들이 가는 길을 누구도 막지 못한다.

초침

똑딱똑딱…
쉼 없이 달리네
쫓는지 쫓기는지

가고 또 가고
돌고 또 돌고
영겁의 징검다리

매 순간순간
사랑하고 울고
태어나고 죽고…

그러거나 말거나
아무 관심 없는 듯
그냥 홀로 질주하네.

통합의 물결

굽이쳐
흐르던 강물이
드넓은 가슴으로 파고든다

묻지도
따지지도 않고
서슴없이 쓸어 담는 바다는

얼싸안고
얼크러설크러
보듬고 엉켜 뒹굴며 살아간다.

톺아보기

차라리 아예 모르는 게
어렴풋이 아는 것보다 낫다
뭘 제대로 알지도 못하면서
아는 척하다가 개망신만 당한다

아는 것보다는 모르는 것
보이는 것보다는 안 보이는 것
심지어 지 몸의 쥐젖도 안 보인다

거울 앞에 서서 앞뒤로
몸을 비춰보면 숨은 종기도 있다

흠 없는 인간이 어디 있으랴
현미경으로 살피면 점투성이다
창자까지 다 볼 수도 없지 않은가

아프게 쑤시고 후벼 파지 말자
아물기도 전에 또 물어뜯지 말며
딱쟁이 홀랑 벗겨내 톱질하지 말자

차마 할 짓 아니다
모질다 잔인하다.

파도 같은 삶

잠잠하다가도
갑자기 구르고 뒹굴며
바람을 벗 삼아 살아가는

아무리 힘들지라도
푸르고 거친 그 몸짓
우렁우렁 포효하는 함성

그 울부짖음과 통곡
세상을 향한 질타일까
우주를 책망하는 절규인가

한 점 부끄럼 없는 듯
당당하고 떳떳한 호령일지라.

패배는 승리를 낳는다

꿈과 열망이
산산이 부서지는 패배가
차마 쓰디쓴 눈물 고통일지라도
마지막 종착역이자 마침표가 아니요
화려한 승리를 잉태한다는 굳건한 믿음

심히 가혹한
연단과 담금질 속에서
번뜩이는 멋진 명검이 태어나듯
절대 굽히지 않는 불굴의 투지 속에
언젠간 필승의 꽃이 피고 열매를 맺는다

아픔을 딛고 승리할 수 있다는
강인하고 끈질긴 집념과 승부욕
결코 무너지거나 쓰러지지 않는 한
새롭고 힘찬 발돋움이요 기폭제인 것이다

패배는 끝이 아니라 새 시작
또 다른 도전을 위한 새 출발이라는
승리를 향해 딛는 징검다리이자 디딤돌이다.

페이스북

잇따른 친구 요청 뜨거운 반응과 열정
저마다 미래 지향적 에너지 발산을 위해
폭발할 듯 시뻘건 활화산이 이글거리고 있다

어찌 그토록 많은 이가 들끓는가
쉴 틈 없이 문을 두드리는 방문객의 알림
수락하고 좀 지나면 감사하다는 회신 답변
끊임없이 이어지는 소통의 길 버겁기만 하다

국내는 물론 해외에서까지 밀물처럼
밀려드는 감당하기 힘든 다채로운 주문들
서둘러 소망스런 새로운 관계를 맺고 싶다는

잘 모르는 세상 궁금하기도 하리라
전혀 모르는 상대의 정체 알고 싶겠지
험한 세상 겹겹이 가려진 장막 그럴 수밖에

처음 접하는 응답이 너무 고맙단다
애정이 담뿍 담긴 착한 심성 그대로이다
처음 뵙겠습니다 좋은 친구가 되어 주세요

아, 그 얼마나 멋지고 기분 좋은 인사인가

가까운 이웃으로 만날 수 있는 꿈의 공간이다.

평화의 노래

모두 바라고 꿈꾸는
목청 높이 부르는 노래
다 같이 꽃피워야 할 세상

사랑이 강물처럼 흐르고
포용이 바다처럼 넓고 깊은

갈등과 미움은 걷어내고
너그러움으로 보듬고 감싸는

늘 밝게 웃음 짓는 눈빛
항상 부드럽고 따사한 손길
서로서로 베푸는 넉넉한 가슴

분열과 전쟁을 끝장내고
함께 어우렁더우렁 살아가는
온 누리 넘실대는 평화의 노래여.

포용과 사랑

갈등과 분열로 만신창이요
증오와 저주가 미쳐서 날뛴다
비난과 공격으로 이성이 죽었고
중상과 모략 때문에 실상이 묻힌다

난무하는 곡해와 왜곡들로
거짓과 진실을 가릴 수 없다
믿음을 부수고 양심을 박살낸다
웃음이 사라지고 파멸이 춤을 춘다

온 세상을 흑암이 뒤덮는다
서리가 내리고 삭풍이 몰아치며
낙엽들이 어지러이 흩날리는 거리
혀를 씹어 침을 뱉는 무리 가득하다

새빨간 거짓말에 위선이다
닥치는 대로 물어뜯고 할퀸다
가혹하고 잔인하게 쑤셔대며 갈긴다

갈 길은 오로지 단 하나
공정과 정의를 바로 세우고
통합의 꽃을 피우는 포용과 사랑뿐이다.

하늘과 바다와 땅

무수한 별을 품고 거느리면서도
수많은 생명을 보듬고 기르면서도
크고 너른 가슴 너그러움이 넘치고
소중한 보금자리 항상 아낌없이 베푸는

철 따라 변화하는 오묘한 대자연
아픔과 슬픔 처절히 통곡하면서도
몸소 감당하는 한없는 긍휼과 자비
묵묵히 뚜벅뚜벅 내딛는 장엄한 발자취

아무리 모질고 험한 시련과 역경도
스스로의 길이요 맥박과 호흡이려니
숨 막힐 것 같은 무겁게 짓눌린 짐에도

울부짖는 몸부림 토악질로 게울지언정
가는 길을 멈춰 서거나 포기하지는 않는다

서로 주거니 받거니 한데 어우러진
우주 속 삼총사인 양 늘 돕고 보살피는
찬양하고 칭송하는 우렁우렁한 환호성이여.

하늘의 뜻

한 알의 곡식이 영그는 것도
한 톨의 열매가 익는 것도 하늘의 뜻이거늘
하물며 우주보다도 더 소중한 인간일진대
감히 헤아릴 길은 없으나 오묘한 뜻이 있으리라

눈물겹도록 숱한 아픔이 있을지라도
미어지고 찢기는 슬픔이 겹칠지라도
끝도 없이 이어지는 시련이 닥칠지라도
끝내 참고 견뎌내야 하는 숨겨진 섭리가 있으리라

파괴 속에 새로 쌓고 일궈나가야 하는
절망 속에 아픔과 슬픔을 딛고 일어서는
눈물도 시련도 한순간 스쳐 가는 바람 같거늘
미련도 후회도 없는 길을 걷도록 하기 위한 채찍질

오직 용서와 화해의 만남을 활짝 열어
켜켜이 쌓인 온갖 갈등과 미움을 말끔히 털어버리라는

아무도 모르고 알 길조차 없지만
인간으로 태어나 한세상 산다는 것은
너무나도 향기롭고 아름다운 여정일진대
그대 삶의 언젠가는 꽃이 피고 열매 맺을 날도 오리라.

한계와의 투쟁

실패를 두려워하지 않는다
어려움과 장벽을 통감하면서도
갈 길을 망설이거나 포기하지 않는다

열정을 쏟는 자신과의 싸움
한계를 뚫는 투쟁이 도전이거늘
멈춤 없는 무한도전만이 있을 뿐이다

겪고 부딪히는 숱한 아픔들
성공으로 향하는 징검다리일 뿐
가능성과 꿈까지 무너뜨리지는 못한다

온갖 시련 지치고 고단할지라도
결코 한계와의 투쟁을 그만두지 않는다

자신과의 싸움에서 이기는
시련과 난관을 헤쳐내는 그 길
한계를 극복하는 투쟁이 언젠가는
꽃을 피우고 열매를 맺을 수 있기 때문이다.

한심한 결론

예단이 앞서면
섣부른 결론에 얽매이고
성급한 속단에는 부질없는 벽만 쌓는다

함부로
자신만만해서도 경박하지만
지나치게 우유부단해도 속도감이 처진다

미리부터
한심한 결론에 주저하거나 방황하지 말라

이장 반장도
논두렁 정기를 타고 나야만 맡을 수 있다

몸소
속박 속에 감금당하지 말며
스스로
매를 때리거나 학대하지도 말라
그대는 신비한 우주보다도 소중한 인간이다

두려워할 것은 아무것도 없다
그대 나아갈 길을 막아설 것은 아무것도 없다.

해수욕장

맑고
푸르게 탁 트인 바다
포근히 쏟아지는 따끈한 햇살

잔잔한
물결 해변을 더듬고
한가득 넘실거리는 웃음과 환호

찌들고
얼룩진 고단한 심신
거침없이 풀어헤치는 거친 몸짓들

새로운
다짐의 길로 향하는
활활 타오르는 광란의 아우성이여.

햇빛

찬란한
광명이어라
따사로운 포근함이 더 좋아라

늘 변함없는
밝은 눈빛으로
두루 어루만지는 정겨운 손길로

펄펄 끓는
이글거리는 가슴
한결같이 베푸는 너그러움은
온 누리를 녹이고도 남음이 있네

언제 보아도
방실방실 웃는 환한 미소
눈부시게 작열하는 뜨거운 입김

보듬어 감싸는
넘실거리는 사랑
온몸을 사르는 시뻘건 불꽃이어라.

활화산 같은 열정

이글거리는
눈부시고 찬연한 태양처럼
염원과 기도는 펄펄 끓는 용광로
꿈과 소망은 활활 타오르는 불가마와 같이

바라는 것들을 향한
뜨거운 열망을 가득히 품은 채
가파른 산등성 뛰어오르는 새벽녘 멧돼지
이른 아침 날아오른 매서운 독수리 눈망울은
활화산 같은 열정과 생명력으로 희망을 달군다

차가운 바람이 불어도
눈비가 내리고 거칠고 험하여도
기어코 달려야만 하는 생존의 길이기에
어제도 오늘도 내일도 굳센 걸음 멈추지 않는다

옹골찬 도전과 투쟁에 망설임은 없고
끈질긴 투지와 집념 앞에 두려움은 없으며
굽힐 줄 모르는 강한 전투력에 포기란 없음이여

희망을 일구는 벅차고 설레는 영혼은
힘차게 용솟음치고 일렁이는 앞날이 펄럭일 뿐이다.

후보자들

눈과 귀를 덮치는 글과 말의 홍수
거친 입마다 인육부터 잘근잘근 씹는다
단칼이나 한 방에 곧장 골로 보내야 한다는
경쟁의 철칙만을 앞세운 무자비한 공격뿐이다

눈물도 인정도 사정도 없다
어떻게 해서라도 이겨야만 한다
무너뜨리지 못하면 내가 쓰러지는 길뿐
수단 방법을 총동원해서라도 죽여야만 한다
모질도록 야속하고 잔인해도 다른 방도란 없다

오로지 나만이 해낼 수 있다
반드시 승리해 내가 해야만 한다
내가 아니면 큰 일을 해낼 사람이 없다
나만이 새 시대 새 물결 새 희망을 일굴 수 있다

활활 타오르는 열정과 애국심
하늘을 우러러 당당하고 떳떳한
나라와 백성만을 받드는 헌신과 희생
상식과 공정과 정의가 강물처럼 넘실대는 나라
새로운 조국 건설을 위해 이 한 몸 아낌없이 바치리라.

흉터

동여맨 눈물겨운 상처는
날마다 서서히 아물지라도
자리에 대못처럼 박힌 흉터는
지워지거나 잊히지를 않는다

그만 씻어야지 하면서도
이젠 잊어야지 통곡하면서도
사무치게 아롱진 모진 상처는
두고두고 흉한 얼굴을 치켜든다

원하지 않지만 생긴 아픔
가시처럼 마음에 박힌 상처
발기발기 찢긴 영혼의 슬픔

너무나 가혹하고 잔인한
눈물과 아픔이 살아날 적마다

그래도 새긴 흔적들이 아니냐
애써 부둥켜안고 추억을 씹어본다.

흐리고 바람 부는 날

어찌 감히 한 걸음 앞을 보랴
잇따르는 희로애락의 물결 같은
거칠고 험한 자연의 섭리를 미리 알랴

순풍의 깃발이 갑자기 발광하고
조용하던 물결은 일렁이는 파도로
죄다 씹어 삼키는 쓰나미와 시뻘건 용암

삶이란 무시무시한 변화와 풍파
가냘피 나부끼는 갈대의 몸부림으로
경이롭고 심오한 여정의 변곡을 예단하랴

흐린 날 있으면 맑은 날도 오고
바람 부는 날 있으면 고요도 깃들 터
오직 기다리는 희망만을 일구고 태울지니

슬퍼하거나 노여워할 것도 없다
삶이란 본디 고통과 싸우는 길 아닌가
그러다 보면 우는 날도 웃는 때도 올 것을.

희망의 노래

밤하늘을
수놓은 무수한 별들도
곱고 예쁘게 피어나는 온갖 꽃들도
강과 바다에 노니는 많은 물고기도
꿈과 소망을 향한 도전을 멈추지 않는다

어둠을
환하게 밝혀야만 하는
세상을 아름답게 가꿔야만 하는
차고 넘치도록 넉넉히 채우기 위한
펄펄 끓는 열정 한순간이라도 식지 않는다

비록
그 길이 험하고 거칠지라도
차마 눈물겹도록 어렵고 힘들지라도
갈가리 찢어지고 산산이 부서질지라도
장엄하고 위대한 발길을 포기하지는 않는다

쉬지 않고 울려 퍼지는
힘차고 아름다운 합창 소리는
설레며 벅찬 희망의 숨결로 한가득 넘실거린다.

사랑과 이별
그리고 그리움

1판 1쇄 발행 2022년 2월 25일

저자 배송제

교정 윤혜원
편집 문서아

펴낸곳 하움출판사
펴낸이 문현광

주소 전라북도 군산시 수송로 315 하움출판사
이메일 haum1000@naver.com   **홈페이지** haum.kr

ISBN 979-11-6440-935-8 (03810)

좋은 책을 만들겠습니다.
하움출판사는 독자 여러분의 의견에 항상 귀 기울이고 있습니다.